JN190332

出来事

吉村萬壱

鳥影社

出来事

目次

出来事

偽物

一

このノートを小説として用いるために、どうしても分かり切った事を書いておく必要があるが、それは果たして許されるだろうか。

この家は私の仕事場である。

妻と暮らしていた家は別に存在する。私は元々、その家から毎日この仕事場に通っていた。そして二週間前に妻を残して家を出た。今はこの仕事場で一人で寝泊りしている。家を出てここに外泊するようになってからすぐに、私は異様な感覚に付きまとわれた。見慣れた物の全てが、いや見慣れた物であればあるほど何もかも嘘臭く見えて、本物だという感覚がどうしても持てなくなったのである。最初はそれでも、時々は現実感が戻った気がする事もあった。しかしその内に、非現実感一色に覆い尽くされた。私は抗《あらが》った。しかしこの不愉快な感覚からは、どうしても抜け出せなかった。やがて私は、自分の置かれている立場がどういうものなのか突然気付いた。どうやら私は、自分の犯した罪によって罰を受けたらしかった。私は転落したのである。この世界は本物ではなく、本物に似せて作られたでっち上げの世界で、私はここに閉じ込められたのだ。そうと分かると急に落ち着いた。あるいは私と同じように罰を受けた者の中で、この事実に気付かないまま過ごしている人間がいるかも知れないが、幸いにして私は気付いた。この気付きは決定的である。なぜなら、それによって私の刑罰は有期刑へと変わったからだ。気付かなければ、無期である。当然の事だ。ここから出たいという意思を持たない者に、どうして釈放の必要があろう。私の場合は違う。この世界について正確に観察し、記録するという義務を忠実に果たす事によって、私はいずれ本物の世界に戻される事になっている。そのように私は告げ知らされた。いずれ審判が下される。その際、このノートが私の釈放の可否を決める重要な判断材料となるだろう。これは服役態度の証明でもあり、彼らがこの捏造《ねつぞう》世界をよりリアルなものに改造していくための貴重な参考資料ともなるものだ。従ってかくある如く、どの一文、どの一文字にも真剣勝負の気迫が籠もる道理である。

二

ここに落ちた理由は明らかだ。
私は箸を拾い上げた。

最近、よく物を落とす。もうすぐ五十三歳になる。若くはない。しかし、老いているというには早い。昨夜も手慰みをした。

床に落ちた箸には、ウサギの毛が絡まっていた。こうなる事は分かっていた。箸は必ずウサギの毛がある場所に落ちるのだ。若しくは埃《ほこり》のある場所に。そうやって、私を弄んでいるつもりなのだろう。実に幼稚だ。私は箸を流しの水で洗い流した。ついでにコップ一杯の水を飲んだ。飲んでみて初めて、喉がカラカラだった事に気付いた。まるで他人事のように。いや、私は私だ。私が私である事は、何度でも自覚し直しておく必要がある。

台所のテーブルに二つの皿を置く。一つにはミックスベジタブルを添えたベーコンエッグが、もう一つの皿にはトーストが一枚載っている。私はトーストに蜂蜜を垂らす。冷えた蜂蜜がなかなか容器から出てこないのも、ここに来る前と変わらない。コーヒーの入ったマグカップには蓋が付いている。保温機能に優れたこのマグカップは、スーパーで妻と買ったものにそっくりで、なかなかよく出来ている。

私は携帯ラジオを聴きながら、朝食を食べた。冷凍のミックスベジタブルがやや水っぽく、半熟卵は塩の味しかしなかった。蜂蜜の甘みも足りない気がした。コーヒーは白湯のようだった。ラジオは七時のニュースで、女子大生が通り魔に腰を刺された事件や、破壊された原子力発電所から大量の汚染水が漏れている事について喋っていた。そして天気予報と交通情報へと続くだろう。以前から継続しているニュースと、初めて耳にするニュースとがある。実際に起こっているニュースと、そうでないニュースがあるのだろう。落とした箸をウサギの毛に命中させるように、あるいは箸の落下地点にウサギの毛を移動させるようにして、ありもしないニュースを流してふざけているのかも知れない。しかし私が知る必要のあるのは、真実ではない。記録すべきは、ありのままのこの世界である。このノートに記す必要があるのは、それだけだ。それが私の義務である。うまくいけば、ここでも原稿料が手に入るだろう。

朝食を済ませ、煙草を吸った。胃の中にベーコンエッグやトーストが入っている感じがどこか嘘臭い。煙草は毛細血管を収縮させ、吸い終る頃に一瞬だけ頭がクラッとした。何かそれ以上の変化を待ったが、それだけだった。皿を流しに置いて、水をもう一口飲んでから、突っ掛けを履いて玄関土間に下りた。

ケージの中にウサギがいる。このウサギは二歳に設定されている筈《はず》だ。トイレに糞が溜まっているが、掃除する気にならない。日に一度、主に夜に土間と台所、トイレ前の廊下に放して運動させている。よく毛が抜ける。抜けた毛は空気の流れによって運ばれて、土間や台所の隅に溜まる。私は、こちらを窺うようにひっそりと息を殺している毛玉を見付けては、摘《つま》み上げて捨てる。摘んだ途端ちぎれて半分になり、摘み直している内にバラバラになって消えてしまう事もある。毛はたまに服にも付着している。綿菓子に似ている。ウサギの毛については、こんなところだ。

チョコボールのような糞が、トイレの中で山になっている。ケージの蓋を開け、トイレを振って山を均《なら》し、餌箱に藁《わら》を補充する。ウサギが藁を食べ始める。白い毛皮の中身は機械かも知れない。元来、刺激に対して反応するだけの頭の悪い小動物であるから、機械によってそれらしく代替させる事は勿論可能だろう。だが体を裂いて確認するには及ばない。そもそもそんなやり方は、私の流儀ではない。

玄関の重い引き戸を開けた。ここに来る前も、玄関戸は重かった。しかしこの木戸が本当に重いかどうかは、外して持ち上げてみるまでは分からない。滑りの悪さ、それらしい鈍い音、この木戸は重いに違いないという先入観などによって、人は簡単に騙《だま》されてしまうものだ。私はこの木戸が本当に重いかどうかについての結論を当面留保する。なぜなら、これを外すのはここでも一仕事だろうし、そんな事をわざわざやってみる気にはとてもならないからだ。これは義務違反に当たるだろうか。それは私の判断するところではない。しかし私にとって最も重要な義務がこのノートの記録である事は確かで、記録は証明とは違う。従って私が木戸の重さを確認しなかったからといって、重大な違反に問われる事はまずあるまいと思われた。

私は玄関の外に出た。

小さな庭があり、雑草の中に点在した水仙が白い花を付けているが、六月になってもまだ咲いているのは不自然ではなかろうか。しかも花は造花のように見え、少し雑な仕事だという印象を持った。花の真ん中の黄色い部分に花らしい潤いが感じられず、和紙のよう見えてしまっている。少なくとも私なら、仕上げに際してもう少し気を配っただろう。私には仕事への拘《こだわ》りがあり、小さなコラムにも気を抜かず、何度も推敲《すいこう》する。小粒な仕事を疎《おろそ》かにしてはならないという信念がある。小さな努力の積み上げが、大きな成果に繋がるのだ。それはここでも同じだろう。同じ原理が採用されていると考えておくべきだ。少なくとも、私は生身だ。稼がなければ、食えなくなって死ぬだけだ。

隣の家から、門脇《かどわき》の奥さんが現れた。門脇宅は夫婦二人暮らしである、夫人は六十歳ぐらいだろう。よく洗濯をしている姿を見かける。勝手口の横に置かれた洗濯機は、町工場の工作機械のような音を立てて回る。ドラムの回転が弱まると野良犬の遠吠《とおぼ》えのような音に変わり、最後は水を振るい落とす犬のように激しく痙攣《けいれん》して止まる。

彼女は二足の湿った靴を手に持っていて、私に気付くと「お早う御座います」と言った。

「お早う御座います」と私は返した。

彼女は家の前のコンクリートの空間（このスペースは本来は私の家の敷地だが、彼らは勝手に植木鉢を置いたり、物干しに使っている）に、二束の靴を並べた。朝から靴を洗っておりました、という素振りがいかにもわざとらしい。そして彼女は私に向けて軽く会釈すると、アルミの引き戸を開けて家の中に戻っていった。とても軽い音がした。玄関前にいつもの自転車が置かれていたから、これから出勤するのである。夫婦共に昼間は出かけているので、二人とも何か仕事を持っているらしいが、何をしているのかについては関心がなく、以前から知らない。

考えてみると、門脇夫妻とはたまに挨拶を交わす程度で、じっくり話をした事は殆《ほとん》どない。越してきたばかりの頃、ゴミ出しや汲み取りについて門脇氏が馬鹿丁寧に教えてくれたが、話が長くて辟易《へきえき》した。私があからさまに嫌な顔をしたのに気付いたのか、それ以後門脇氏は顔を合わせると「今日は寒かったですな」「今日は良い天気でしたな。しかしちょっと風が冷たかったかなあ。しかし昨日よりはましだったな。うん、ましだった」などと時候の事しか言わず、それが度重なる内に元々そんな単純な人間なのだと知れた。日々、同じ事をいかに丁寧に繰り返すかが最大の関心事で、それは夫人も同じだった。彼女は洗濯物を干したり取り入れたりする事が面白いとは言わないまでも全く苦にならない様子で、恐らく明日一番近い原発が爆発すると分かっていても平然と洗濯しているタイプであった。一体この夫婦ほど、真似するのが簡単な夫婦もちょっといない。彼らが偽物であったとしても、なかなかそうとは気付けないに違いなかった。だからこそ精密な観察が必要とされるのであり、決して簡単に騙されるような事があってはならないのだ。

もしこれが企《たくら》まれたものだとすれば、即ち隣に住む住人が簡単にすり替え可能な極めて単純な人間である事まで、私の人生に予《あらかじ》め組み込まれていたものだったとすれば、私はなるべくしてこの世界の住人になったという事だろうか。とすれば私に与えられた運命は予め決定していた事になろう。その設計図を果たして誰が描いたのか。

私は首を振り、舞台の背景画のような空を見上げた。

考えてはならない事まで考えるのが、私の悪い癖である。

空の郵便受けを覗《のぞ》いてから、家の中に戻った。煙草を一服し、コーヒーを淹れ直す。午前中に二、三時間仕事をするのは当然の事だ。ここでも私の生業は小説を書く事で、義務としてのこのノートをそのまま小説に転用してしまおうという発想は我ながら名案だと思っている。無駄がない。尤《もっと》も、このノートに書かれたものがそのまま編集者に小説として認めて貰えるかは分からない。一工夫、二工夫の加工が求められる可能性が高いが、とまれこれは初稿に過ぎない。原稿の直しを厭《いと》わない事も、私の信念の一つだ。

三

ここに落ちた理由は明らかだ。

私はその日、携帯電話のストラップを拾い上げた。二週間前の事だ。

それはどこにでもあるような安物のストラップだったが、ハートの飾りが付いていた。家の前の道に落ちていたのだから、浩子《ひろこ》が捨てたものに違いなかった。浩子と付き合い始めた当時、私がハート柄のマグカップを買ってあげようかと言うと、彼女は「ハートは好きではないの」と断った。これだけなら忘れてしまっていただろうが、浩子は続けてこう言った。だから記憶に残っている。

「ハートって、凡庸でしょう？」

平凡ではなく凡庸という言葉が新鮮だった。その時浩子は二十四歳、私は三十四歳だった。私は機械部品の製造工場に勤めながら小説を書き、せっせと文学賞に応募していた。浩子は私がよく行っていた喫茶店「クロノス」のウェイトレスで、時々カウンターの隅で文庫本を読んでいる姿に私は惹かれた。痩せていたが姿勢が良く、小振りな割にしっかり自己主張している胸の膨らみが印象的だった。私は明るい女よりどこか影の差す暗い女が好みで、首の痣《あざ》をストレートの髪で隠していた浩子には、影のみならず貧乏臭さやマイナス思考といった付属物も充実していた。この女は文学的霊感を刺激する、と私は思った。彼女にはその時男がいて、関係は終わりかかっているという事だった。我々はこの男に隠れて、こっそりと付き合い始めた。間もなく、私の暮らしていたアパートで酔った彼女が体を開いた。その夜から我々は回数を記録し始め、彼女が求めた約束の五百回の交接を経て結婚した。「結婚前に体の相性を確かめておきたかったの」と彼女は言った。彼女はズルズルと関係を続けていた男を、結婚三日後に電話で捨てた。

私はどうでもいい事を書いているのだろうか。

一緒に暮らし始めると、交接の回数は急激に減った。知り尽くした互いの体に魅力を感じず、浩子の裸体を見ても薄いヴェールを纏《まと》っているようで、裸のリアルさを感じなくなった。加えてスリルもなくなった。我々が「奇跡の五百回」と自嘲するようになったあの壮絶な交接は、別の男の影がチラついていてこその一過性の融合反応に過ぎなかったのだ。

「きっと不良に育つに決まってるから子供は要らないわ」と彼女は何度か口にした。私も子供など真っ平だった。何より経済的に無理だった。

私は四十歳で小さな文学賞の佳作に選ばれ、自信を持った。その後四十三歳で「新世紀文学α」

文学賞を受賞し、文芸誌に小説が掲載されてプロデビューした。この十年間で四冊の本を出したが、五十歳を超えてさっぱり書けなくなった。その原因が体力の衰えである事に気付いた私は、去年の春に工場を辞めて専業作家になった。しかし二ヶ月ほど経つと、一日中家にいる私に浩子が不快感を隠さなくなった。キーボードの音で昼寝が出来ないと訴える彼女を、「神聖な執筆作業を愚弄した」という理由で私は初めて殴ってしまった。頭に出来た瘤《こぶ》を押さえながら、浩子は「能なし」と言い放った。やがて、ふてくされて四六時中テレビばかり見ている浩子の存在に私の方が参ってきた。そこで格安の古い民家を借りて仕事場とし、そこに通う事にした。すると浩子の機嫌が目に見えて良くなった。浩子は今年四十三歳になるが、「クロノス」を二十七歳で辞めて以来一度も働いていない。三十歳を超えると、本も殆ど読まなくなった。一体昼間一人で何をしているのかと、ずっと訝《いぶか》しく思ってきた。私が昼間家にいた二ヶ月間、テレビを見ながら彼女が何かを我慢しているらしい事は何となく感じていた。私が工場で働いていた時間に、いつも彼女がしていた事。家に私がいると、それが出来ないから不機嫌になっていたその事。それがハートのストラップ一つで決定的に明らかとなった。

男がいる。

このストラップを買ったのが浩子なのは確かだった。この辺りに捨ててあるのを一目見て、私はこれが何かの合図だと分かった。なぜならハートの飾りは目立つようで目立たず、合図として用いるには恰好《かっこう》の凡庸さを備え持っていたからである。「夫が帰って来るから今日は駄目」という目印だと見て、まず間違いなかった。この辺りは小学生のスクールゾーンになっている。いかにも小学生が持ちそうなこんな物が落ちていても、誰も怪しまないだろう。しかも地面に置くのだから彼女のお気に入りのウサギでは忍びなく、だからこそ嫌いなハートの飾りでなければならなかったのである。

居間に入ると「あら、どうしたのこんな時間に」と、炬燵《こたつ》机に頬杖を突いた浩子が振り向きもせずに言った。テレビには沢口靖子が映っていた。

「この男は誰だ？」と私はストラップを掲げながら単刀直入に訊いた。

「知らない男よ」と浩子の代わりにテレビの女が答えた。

私は画面の中の『科捜研の女』を見た。沢口靖子と肩を並べた見知らぬ男優が、犯人らしき女を問い詰めている。

「この男は誰だと訊いたんだ」私の代わりにテレビの男が尋ねた。

すると女は私を見た。そして「又その話？」という顔をした。

「これが玄関の前の通学路に落ちていた」

「ストラップね」浩子が言った。

「そうだ。お前の嫌いなハートだ」

「ちょっとだけ黙って」

浩子は沢口靖子の科学的説明に聞き入る振りをしながら、懸命に言い逃れる術を考えているらしかった。

「これが何よりの証拠だ」男が言った。

浩子が唾を飲み下すのが分かった。

「………」

「自分がした事の責任を取れ」と男。

「………」

「罪を認めるんだな」と私。

浩子が微かに頷《うなず》いた。

「……はい」

その瞬間、私は自白した浩子の側頭部を踵《かかと》で蹴り飛ばしていた。浩子はアオサギのような声を上げて床の上に倒れ込んだ。

「誰なんだ！」

「何！　何なの！」

「きちんとお勤めを果たして、罪を償うんだ」と男。

「……分かりました」と女。

「ではもう一度訊く」と私。

私はストラップを浩子の頬に押し付けた。

「この男は誰だ？」

「だから知らないって言ってるでしょ！」

「とぼけて済むと思ってるのか！」

「何なの？　頭おかしいんじゃないの！」

「なぬ？　なぬうーっ！」

それから先は余り記憶にない。浩子は一貫して、男の名前について白を切り通した。「嘘を吐《つ》く時は、徹底的に相手を騙さなければ駄目なのよ」と笑いながら言っていた結婚前の彼女の言葉が、何度も頭の中を駆け巡った。

気が付くと、玄関のベルが鳴っている。インターホンの画面に、隣に住む向坂夫人の顔が映っていた。

「はい」

「あ、どうしました？　悲鳴のようなものが……さっきからずっと。警察呼びますか？」

すると倒れていた浩子が立ち上がって壁伝いに這い上がり、「大丈夫です。結構です。何でもありません。何でもないです」と言ってインターホンを切ると、ソファの上に倒れ込んだ。前歯が真っ赤で、喋《しゃべ》り辛そうだった。それから再び体を起こすと、炬燵の上のティッシュ箱を取り、ソファに腰かけて口の中から唾を吐き始めた。忽《たちま》ち、炬燵の上に赤いティッシュの山が出来た。睨《にら》み付けるようにテレビを見ている。

「もういいよ」と私は言った。

「何でもご相談下さい」とテレビの中の女が言った。

「相談する事なんてないよ」

「いつもあなたのお側にいて、快適ライフをお約束します。あなたの街のハッピー生命」

「約束なんて、無意味だ」

私はティッシュの山の裾野にそっとストラップを置くと、「俺は家を出る」と言った。チラッと見ると、浩子は、そんな言葉はとても信じられないという顔をしていた。

「本気だよ」と言い残して、私は家を出た。その日から、仕事場で寝泊りしている。

四

ここに落ちた理由は明らかだ。

私は自らの罪と罰を拾い上げた。

しかし、果たして私が妻を殴ったり蹴ったりした罪は妻の不倫より重いのか、という疑問については考えないようにしている。又、私が偽りの世界に落ちているとすれば、本当の世界にいた私は現在失踪中なのか、あるいは偽物と入れ替わっているのかという点についても、考えたくなかった。少なくとも編集者は、気にも留めていない筈だ。担当はとっくに異動してしまって、後任についての連絡も受けていなかった。商業誌に書いたのは四年前が最後である。

　そろそろ真面目な観察記録に戻らなければなるまい。

　昼食は台所でカップラーメンを食べたが、ゴムを食っているようだった。ラジオのニュースには相変わらず何の工夫も感じられない放射性物質を含んだ汚染水がその後どうなっているのかも分からなかった。現実世界であれば、こんな重大事は連日トップニュースになる筈であろう。台所の窓には陽が射していたが、磨《す》りガラスの星型模様の数はもっと多かった。何よりも、全体的に立体感が欠如している事が最も偽物としての馬脚を現している。こんなに奥行が感じられない台所などあるものか。絵本ではないのだから。しかし陰影の問題ではなさそうだ。陰影は良く出来ている。これについては合格点を与えてもよいほどだ。遠近法にも忠実。しかしいっかな、肝心のリアルな奥行感に結び付いていない。致命的だ。このような台所の印象に、合格点はとても付けられそうにない。

　煙草を吸い、コーヒーを淹れて机にむかった。万年筆のインクカートリッジのストックが少なくなっていると気付いた途端、ノートの紙の上で筆先がピタッと止まった。しかし書き淀むのは許されない事だ。一人の囚われ人としてでなく、作家として許されないと思い、気分を変えるために私は久し振りに散歩に出た。すると門脇氏が、家の前で自転車のスタンドを立てているところだった。昼休みに飯を食べに帰って来たのか、日の高いこの時間帯に姿を見る事が、今までにも何度かあった。

「こんにちは」と彼が言った。

「こんにちは」と私は答えた。

「今日は暖かいね」

「そうですね」

「お出かけですか？」

「ちょっと散歩に出てきます」

「それはいいですな」

「はい。では失礼します」

「はいはい、お気を付けて」

これではまるでロボット同士の会話ではないか。もっとリアルで生き生きとした会話でなければ、忽ち疑いを抱かれてしまうに違いない。この辺り、もっと大胆な工夫が必要だと提言しておきたい。

路地を抜けて狭い車道に出た。下っていくと、この道はやがて通学路になる。その通学路沿いに、妻と暮らしていた家がある。しかし家出をしてから、私はまだこの道を下った事がなかった。従って、こちらの世界に我が家が本当に存在しているかどうか、確かめた事はない。いつもはこの坂を登って行き、広い県道沿いのコンビニエンス・ストアで、パンや弁当、酒、煙草などを買って帰って来るだけである。

しかしこの時、ふとこの道を下ってみようという気になった。

それは我が家の存在を確認したいという動機からではなかった。不完全な部分が多々あるとは言え、ここまで本物に似せて精巧に組み上げられているこの世界に、うっかり我が家を作り忘れるなどという失態は考えにくい。そうではなくて、私は浩子に会ってみたくなったのだ。一体こちらの世界で彼女はどのように造形され、それが私の目にどう映るだろうかとふと思った途端、欲望が抑えられなくなった。たとえこっちの浩子が現実の彼女同様に怪我を負っているとしても、二週間も経てばかなり治っているだろうという期待もあった。彼女の顔は私の罪を直接に物語る生きた証拠である。誰でも余りに生々しい自分の罪を直視する事に、一定のしり込みは禁じ得まい。

交差点でよく見かける「飛び出し君」の看板のような平板な小学生が、何人か金属的な歓声を上げながら通り過ぎて行った。仕事場と家までの距離はせいぜい数百メートルで、歩いて五分ほどである。カーブになった道を下ると、家の屋根と壁が見えてきた。風呂場の窓を見た途端急に現実感が甦《よみがえ》り、ほったらかしにしてきた浩子のこの二週間の事を思った。一体何をして過ごしていたのか。懲りずに男と会っていたのか。そもそも男とは誰だったのか。男など本当にいたのか。

門のない家である。持ち家ではなく借家。家の通帳は浩子が持っている。退職金は期待を大きく下回ったが、当面の生活費には困るまい。寧ろ私の通帳の残金が心細くなっている。頑張って原稿料を稼ぐしかない、と気持ちを新たにする。

私は玄関の前に佇《たたず》んだ。アスファルトの上を眺め回したが、ストラップは落ちていない。そうだ、ハートのストラップという確たる証拠を摑んだのだった、と思い出す。二週間前のあの日について、暫《しばら》く考えを巡らせた。しかし、ハートのストラップがなぜ不倫の確たる証拠と思えたのか、その理由が思い出せない。浩子はハートが嫌いだった。思い出せるのはそれだけだ。

隣の向坂夫人の姿が見えた。似ていない、と私は苦笑した。向坂夫人は、あんなに目玉が飛び出していない。しかも彼女の体は石のように固まっていて、自然な感じが少しも出ていないではないか。この分だと浩子の偽物にも余り期待出来そうになかった。

郵便配達のバイクが走って来て、近くに停まった。バイクを下りた若い配達夫は、手に封筒の束を持って私に近付いて来た。そして我が家の玄関扉を見て、「御主人さん?」と訊いてきた。

「そうです」

「これをどうぞ」と言って、彼は封筒の一通を差し出した。電気量販店のチラシの封筒だった。「入れといて」と私は自分の家の玄関扉を顎で示した。彼はすぐに扉の郵便受けに向かい、封筒を差し入れると今度は向坂夫人に向けて葉書を差し出した。その瞬間の向坂夫人の身のこなしがさっきよりずっと自然な感じだったので、私は深く頷いた。

その時、我が家の玄関扉が開いた。出てきたのは男で、郵便受けから封筒を取ろうと身を乗り出している。私は駆けて行って玄関扉のノブを摑んだ。再び固まっている向坂夫人を尻目に、男に声をかける。

「何だ、清二《せいじ》じゃないか」

「兄さん……」

「お前、俺の家で何をしてる？」

弟は慌てて私を玄関の中へと引っぱり込むと、扉を閉めて鍵を掛けた。

「姉さんの、看病」

「…………」

「姉さんが連絡してきた。怪我をしていて熱もある。肋骨も折れてる。でも、病院に行かないと言ってる」

「…………」

「行けば兄さんのDVがばれるかららしい」

「会えるか？」

「ああ」

居間に布団が延べてあり、浩子が寝ていた。病人特有の息と汗の臭いが部屋に充満していて、それはとてもリアルに感じた。久しく感じた事のない、強い現実感。

「浩子……」と呼びかけると、彼女は片目を開いて私を見た。もう一方の目はピンポン玉のように腫れ上がり、糸のように細い瞼《まぶた》の隙間は黄色い目脂《めやに》に塞がれていた。何か言おうとしているように見えたが、声が出ないらしい。私の目の前にいる浩子は、暗く、貧乏臭く、マイナス思考で、そして絶望的だった。首の痣の色を見て、これは間違いなく浩子だ、と分かった。

「こっちで会えるとはな」と私は言った。浩子は小さく頷いた。

「浩子……」と私は彼女の手を、その傷だらけの細い手を握り締めた。

「本物の浩子だ……」

浩子の目尻に光るものがあった。

「不倫の罪で、こっちに落ちていたのか」と私は言った。

「いつからだ？」と訊くと、浩子は弱々しく首を振った。

「そうか！　結婚以来、ずっとこっちにいるんだな。やっと分かってきた」と私は膝を打った。

「俺はあっちで、ずっとお前の偽物と暮らしていたんだ。だが心配するな。二週間前、こんなのはお前じゃないと気付いて、そいつを散々懲らしめてやった。その罪のせいでこのでっち上げの世界に落とされたが、しかしそのお蔭で本物のお前と会う事が出来た……これからは一緒に記録していこう。きついだろうが……」

「兄さん何を言ってる？」

「待て清二。浩子が何か喋るようだ」

浩子は口を開き、喉の奥からしゃがれた声を絞り出した。

「あなた……」

「何だ浩子」

「……病院に……」

「うん」

「……病院に行って丁戴」

私は真っ直ぐに浩子の顔を見た。思わず目頭が熱くなるほどに、真剣に見た。

家の外を、小学生の吹く滑らかなリコーダーの音が通り過ぎていった。

私はゆっくりと口を開いた。

「お前、偽物だな……」

その瞬間、リコーダーが素っ頓狂な音を奏で、浩子の顔がくしゃくしゃになったので私は思わず「ぷっ」と吹き出した。


この世界は無様過ぎるが、ちょっとだけ笑えるところが救いだ。

汚《お》瀆《とく》

一

夫の孝雄《たかお》は、「騙されるもんか」と言い残して仕事場に帰って行きました。義弟の清二さんは「ちょっと様子を見てくる」と言って私に微笑むと、孝雄の後をこっそり随いて行きました。

残された私は、居間に延べた布団の上で仰向けになって白い天井を眺めました。

通学路を隔てて家の斜め前に小さな公園があり、子供達の遊ぶ声が聞こえていました。その楽しそうな声を聞いていると、自分にもこんな子供時代があったなあと、遠い昔の事を思い出して悲しくなりました。心に何の憂いもなく、無邪気な笑い声を上げていた時代が、もう思い出せないほど遠い昔のような気がしますが、確かに私にもあった筈なのです。いつから私はこんな希望のない、暗い女になったのだろう、そう思うと目頭が熱くなりました。忽ち天井の唐草模様がぶよぶよになって、熱いものが目尻を伝って流れ落ちました。

じっとしていると、頭の中に次々と思い出したくない黒々とした記憶が甦ってきました。私は耐えられなくなって小さく悲鳴を上げて上体を起こし、部屋の中を見回しました。炊事でも洗濯でも何でもいい、とにかく体を動かして何か目的のある事をしないと駄目だ、と焦りました。しかし起き上がろうとした途端頭がクラッとして、再び布団の上に倒れ込みました。

手を握ろうとしてみましたが、指が曲がるだけで、力を込める事が出来ません。くすぐったいような、痺れるような感覚があるだけで、一向に強く握り締める事が出来ないのです。体がどうかしてしまったのでしょうか。この二週間、殆ど寝たきりの生活でした。このままどんどん動けなくなっていくのではないかと考えると、ゾッとしました。

うつ伏せになって両手を突っ張り、何とか体を起こして布団の上に座りました。何も考えたくないのに、否応なく接続詞や疑問詞が湧いてきて天井をぐるぐる回り始め、「だから?」「それで?」「しかし」「でも」「という事は?」「で、結局?」が矢のように責めてくるのです。悪い方悪い方へと考えが傾いていき、その先は真っ暗闇で何一つ見通せません。寒くもないのに肩が震え出し、それは全身に広がって痙攣のようになりました。体を支えている事が出来ず、私は再びうつ伏せに寝て、布団に鼻先を押し付けて唸《うな》り声を上げました。

気が付くと、部屋が薄暗くなっていました。

昼間は通学路に面した窓から、レースのカーテンを透かして明るい日差しが射し込みますが、既に日は落ちて、窓ガラスはすっかり冷えているようでした。六月の上旬なのに肌寒く、私は毛布を引き寄せて肩まで被りました。

清二さんは帰って来ません。

夕食を作る気力もなく、何も食べたくありませんでした。しかし、清二さんに何か出さないわけにはいかない気がして、酷く憂鬱な気持ちになりました。孝雄の弟の清二さんは、孝雄が仕事場に寝泊りするようになってから頻繁に顔を見せるようになりました。孝雄より二歳下の五十一歳で、デザイン事務所をやっています。彼の自宅はここからは随分離れていますが、デザイン事務所は車で十分のところにあるので、心配して様子を見に来てくれるのです。

二週間前に孝雄が出て行った翌日に、どうして知ったのか訪ねて来て、「大丈夫？」と顔に笑みを浮かべながら、五本指靴下の足で当然のように家に上がり込んできました。嫌で堪りませんでしたが断るわけにもいかず、それ以来仕方なく家に上げています。ここ数日は、毎日のように訪ねてきます。私は孝雄が出て行ってからは二階の寝室まで階段を登る気力が湧かず、居間に布団を延べて寝起きしているので、乱れた布団や寝起きの顔を清二さんに見られる度に消え入りたくなります。お風呂に入る気力もなく、三日に一度シャワーを浴びるのが精一杯なのです。頭も体も臭いに違いありません。一度「臭いでしょ？」と言ってみた事がありますが、「義姉さんの匂いだから」と気持ちの悪い事を言って長い鼻の下を横に伸び広げました。孝雄の顔は好きですが、清二さんの顔は初めて会った時から受け付けませんでした。鼻の下を横に大きく伸ばして笑う時、小さな目の奥は決まって死んでいるのです。とても信用出来ない笑みです。孝雄のスラリとした体軀に比べて、清二さんは筋肉質で原始的な感じがします。毛深くて、胸毛も沢山生えているのです。三角コーナーの生ゴミを思わせる口臭もあります。その口で「義姉さんのためなら何でも力になるから」とか「出来れば心の内をすっかり打ち明けて貰って、義姉さんには楽になって欲しいんだ。心から」などと気障《きざ》な事を言うのです。私はこっそり顔を背けずにおれません。兄弟なのにどうしてこんなに違うのでしょうか。清二さんが来ると、家の中が彼の臭いに満たされます。臭気というのは粒子でしょうか？　だとすれば、布団やカーテンやタオルや歯ブラシの細かい隙間にまで入り込んで、完全には取れないのではありませんか。それを思うと身の毛がよだちます。

私は、毎回清二さんに「お願いだから一人にして」と言おうとしては、結局言い出せないままズルズルと過ごしてきました。三日前の夕方に、清二さんがコンビニで冷やし中華を二つ買ってきて、「義姉さんに、一人で食事する寂しさを味わって欲しくないから」と、無邪気な子供のような顔をしたので寒気がしました。それまでも、野菜や肉などの食材を買って持ってきてくれた事はありましたが、一緒に食べるという事はありませんでした。冷やし中華だけだとどうかと思い、私は無理にキッチンに立って簡単な野菜炒めを作りました。「そんな事しなくていいよ義姉さん」と清二さんは言いましたが、私は「あんたのせいでこんな事をしなくてはならないのよ」という事を示すために、意地になって作りました。すると清二さんは野菜炒めを口に入れた瞬間「美味い！　兄貴は毎日、こんな美味い物を食ってたのか！」と大仰に言いました。一回噛んだか噛まなかったぐらいのタイミングで、まだちゃんと味など分かる筈がないのに、見え透いたお世辞を言ったのでした。私はこの時、この人には裏がある、と直観しました。何か目的があって、訪ねてくるのです。それが何なのかは勿論分かっていましたが、そんな事は分かりたくもありませんでした。昨日は食材だけ買ってきて、「リハビリのお手伝いをさせて貰いますよ」と笑い、キッチンに並んで一緒に野菜シチューを作ったのです。何度か指や二の腕が触れ合い、その度に私は飛び上がりそうになりました。指にも太い巻き毛が生えているのです。

私はここ二週間、ずっとスウェットの上下で過ごしています。一日中、ゴロゴロしています。ずっと憂鬱ですが、午後になって豊かな陽射しが部屋に差し込むと、少しは気分がましになりました。その貴重な午後が、清二さんのおかげで台無しになるのでした。二時、三時と時計の針が進むに連れて、もう玄関ベルが鳴るのではないか、今にも清二さんが姿を現すのではないかという不安が膨らんで、堪らなくなります。

と、足音が聞こえました。清二さんの足音です。特徴があるからすぐに分かります。玄関ベルも鳴らさずに、まるで自分の家のように、玄関扉を開けて入ってくるのです。ドアが開いて彼が喋った途端、息が詰まりました。

「遅くなって御免」と、主人のような口の利き方をします。

「いいえ」

「灯りを点けてもいいい？」

「どうぞ」

私は毛布で鼻を隠しました。彼は私の布団の端を踏んで窓に近付き、カーテンを閉めました。

「少し兄貴と話してきた」

「そう」

「ねえ、義姉さん」と言いながら、彼は私の枕元に腰を下ろし、永遠にそこに居座ろうとするかのように胡坐《あぐら》をかきました。

「兄貴は、今書いているのが仕上がったら帰ってくると言っていたよ」

「そう」

「ストレスなんだよ」

「分かってるわ」

「何せ、筆一本で食べていかなくちゃならないんだからね」

「そうね」

外で煙草を吸ってきたのが分かりました。

「兄貴は『小説家はウサギと同じだ。自分の糞を食べてるようなもんだからな』って言ってたけど、義姉さんこの言葉の意味分かる？」

私は首を横に振りました。

「小説を書くということは、僕のやってるデザインの仕事が美の女神に身を捧げる（この時彼は私を舐めるように見ました）のと違って、無理に醜く狂った方向へと自分の頭を捻《ね》じ曲げていくんなもんなみたいな残り滓《かす》作業らしいんだな。まあ、そんな創作法を志向する作家なんて今や時代の残り滓みたいなもんなんだが、兄貴はそういう下水道の底の汚水みたいな最下層の場所でしか息が出来なくなったようだ。息は二十四時間だからね。そんな場所は義姉さんだけではなく、とても他者が耐えられる環境ではない。兄貴は、そんな特別の環境を必要としたんだよ。自分だけの空間が必要だったんだ。出て行ったのは義姉さんのせいじゃないんだよ」

一体清二さんは、主人と何を話してきたのでしょうか。どうしてこんな知ったかぶりの口を利くのでしょうか。私は眩暈《めまい》がしました。夫婦の事は、夫婦しか分からないのです。孝雄は私に手こそ挙げませんでしたが、言葉と態度でどこまでも執拗に私を追い詰めました。勿論原因は私にあったのです。私こそ、孝雄の頭をおかしくさせてしまった張本人なのです。それを清二さんは少しも分かっていません。私は、誰かに慰めて貰う資格などない人間です。なのにこの男は、その反省の時間を私から奪いながら、その上善人面をしてふんぞり返っているのです。本当は孝雄と話などしていないんじゃないの、という疑念が頭の中で膨らみました。ただ外に行って、コンビニで缶コーヒーでも飲みながら煙草を吸って帰って来ただけなのではないでしょうか。

二

私は、どう言えばいいのでしょうか、何か自分の中に制御出来ないものを持っているのです。

それが全てを壊してしまうのです。そういう人生を送ってきました。孝雄と出会った時の私は二十四歳でしたが、その頃にはもうすっかり生きるのが嫌になっていました。丁度中林という男と関係を持っていた時で、私は「クロノス」という喫茶店で働いていました。中林は普通のサラリーマンで、妻子持ちでした。年齢は孝雄と同じで、私より十歳上でした。

中林とは飲み会で知り合いました。男女十人ぐらいの飲み会の帰りにバーに誘われたので、友達と別れてのこのこと一人で随いていきました。私はその時二十二歳でした。別れ際に女友達の私を見る目が、揃って三角になっていたのを覚えています。私は同性に嫌われるタイプでした。幼稚な飲み会にうんざりしていて、ふと中林に随いていく気になったのです。夏の終わりの夜風はひんやりして、裸の二の腕に気持ちよく吹きつけていました。川沿いの道を歩いてバーに入り、カクテルを沢山飲みました。わざと「セックス・オン・ザ・ビーチ」などを注文したりしました。

「付き合ってる彼氏とかいるの？」と中林が訊いてきました。

「いないわ」

「ホント？」

「ホントーですよ！」

私はこの時、大学院生の渡辺君と、スポーツインストラクターの三宅という男と付き合っていました。二人とも二十代半ばで、中林の持つ大人の魅力は持ち合わせていませんでした。

「綺麗な肌だね」と言いながら、酔った中林が腕に触れてきました。私は中林の左手を見詰めながら、妻子持ちとなら簡単に別れられると考えました。男っぽくも繊細な彼の手に、私はじっと見入っていました。すると指先がノースリーブの服の隙間から胸の膨らみへと伸びてきました。私は殆ど抵抗しませんでした。カウンターの椅子の上の私の腰を、彼の右手が撫でてきます。私達は酔っていましたから、大胆でした。カウンターの端にもう一組のカップルがいましたが、中林は耳にキッスをして、指先を衿元の中に入れてきました。私が身をくねらせていると、バーテンダーが音もなく近付いてきて「お客さん、うちはそういう店ではありませんので、ご遠慮下さい」と言いました。中林は笑いながら手を引っ込め「申し訳ない」と謝りました。そして私に悪戯っぽく目配せしました。店を出ると川面に幾つものラブホテルのネオンが揺れていました。しかし中林は私をホテルには誘わず、その夜はそのまま一緒に駅まで行って別れました。家族がいるので、遅くなれないのだなと思いました。

電車に揺られながら、黒い窓ガラスに映った自分の顔を見ている内に急に空恐ろしい気持ちが湧き上がってきました。一気に酔いが醒めていくのが分かりました。私は何をしているのだろう、と思いました。会ったばかりの妻子持ちの男に、身を任せようとしていた自分が嫌で堪らなくなりました。

線が細く真面目な大学院生の渡辺君は、何度も私に結婚を申し込んできました。私はアパートで勉強する渡辺君のために甲斐甲斐しく夜食を作ったり、肩を揉んだりしてあげていました。「君のようなパートナーが僕には絶対に必要なんだ」と渡辺君が熱い眼差しを向けてくる度に「分かってるわ。もう少し待って」と私は答えていました。彼はすっかりその気になっているようでした。二人きりの時は、私も彼のために生きていこうと本心から思うのでした。

しかしスポーツインストラクターの三宅から呼び出され、彼のマンションの部屋に入った途端、もう私には三宅の屈託のない笑顔と逞しい体しか見えませんでした。結婚して欲しいとは言いませんでしたが、三宅は私を既に独占している気で、私に対して妻以上の事を要求してくる事が度々でした。私はその全てを受け容れて、どんな命令にも従いました。三宅には加虐的性癖があり、私に足の指を舐めさせたり、ベランダでの交接を強要したりする事にとても興奮するのでした。「お前はオモチャみたいだな」とよく彼に言われたものです。そして髪の毛をクシャクシャにされながらそう言われる度に、私は自分がこの世に存在していてもいいんだという気持ちにうっとりするのでした。

しかし三宅の八階の部屋を一歩出た途端、私は目の前に広がる夜景を眺めてゾッとするのが常でした。なぜならその夜景の中に、夜遅くまで勉強する渡辺君のアパートの小さな窓明かりが灯っているのを不意に思い出すからです。渡辺君は殆ど私に性的な事を要求せず、ただ私を抱き締めながら「そういう事は結婚してからにしたいんだ」と殊勝な事を言うのでした。一日何時間も机に向かって勉強している彼の指が、本の頁を捲《めく》る時の乾いた音を聞くのが私は好きでした。「浩子との将来を何としてでも安定させたい。そのためにはうんと勉強しないと」と、背中に抱き付く私を渡辺君はそっと諭すのでした。

その後、渡辺君のお母さんにも会いました。古い借家に、私は招かれました。三人で安物のショートケーキを食べました。渡辺君がトイレに立った時、彼女は「あなたは誰？」と訊いてきました。私はその質問の意味が分かった気がして、不自然な笑みを浮かべて黙っていました。母親としての直感が、この女は駄目だと教えたに違いありませんでした。母親が反対してくれるなら、その方がずっと楽な気もしました。彼女は下から見上げるように私をじっと見て、「紅茶、もう一杯飲みます？」と訊きました。居間の隅に仏壇があって、渡辺君のお父さんの写真が微笑していました。精神的な顔でした。私は、もし渡辺君と一緒になりたいなら、それを決めるのは今しかない、と突然分かりました。彼の母親は空のカップにゆっくりとポットの湯を注ぎながら、私が何か言うのを待っていました。トイレの方で音がしました。私は焦りました。大学の先生になった渡辺君と、お母さんと、私の三人がお茶を飲みながら談笑する未来の光景が目に浮かびました。私は思わず何か言いかけ、そして気付きました。言うべき言葉を私は持っていない、と。廊下に足音がして、渡辺君が戻ってきました。彼は私を見るより前に母親の顔を見ました。そこに私は、母子の間にだけ通じ合う瞬間的な意志疎通を感じ取りました。渡辺君の顔が一瞬曇ったのを見て、自分の存在がその場から消え去ってしまうような強い不安を覚えた私は、考えもしなかった言葉を言い放ちました。

「ずっと渡辺君を支えていくつもりです」

渡辺君とお母さんが、同時に私を見ました。発せられた言葉は宙に浮き、ウサギの毛のようにフワフワと舞い上がって、すぐにでも蒸発してしまいそうでした。私は、私の言葉に馬鹿にされたと感じたであろう母子の顔を直視する事が出来ませんでした。渡辺君が小さな声で「ありがとう……」と言った時、私の耳は真っ赤になりました。

その日の夜、私は三宅のマンションに転がり込んで延々と抱かれました。スポーツインストラクターの三宅は、体力だけはありました。「お前は底なしか」と三宅は笑っていました。彼の命令に従っているだけで私は「物」になる事が出来、何も考えずに済むのでした。責めは彼が考えてくれました。マンションの外に放り出され、たっぷり五分間締め出しを喰らいながら、私はドアの覗き窓に向かって「入れて」と懇願しつつ嬉しさでいっぱいになっていました。

ある晩、三宅に公園に連れ出された時も、既にマンションで散々責められた後で、頭の中にはガスのようなものが充満していて何も考えられませんでした。三宅は私に命じて、公園の遊歩道を歩かせました。「恥ずかしいか?」と三宅に問われ、「はい」と答えた声は震えていました。公園の外の車道には車や自転車が行き交い、その度に私は植え込みの傍にしゃがみ込みました。ふと見ると、遊歩道沿いのベンチに赤い火が見えたので凍り付きました。煙草を吸っている人がいたのです。私はその男性の目の前を通り過ぎなければなりませんでした。そしてそれは私に、感電のような興奮を齎《もたら》しました。腰と膝がガクガク震えて、恥ずかしさに叫び出してしまいそうでした。男性は穴の開くほど私の体を見ていました。三宅が「どうも」と男性に挨拶しました。男性は「ああ」と曖昧な返事をしました。「止まれ」と三宅が言いました。「もっと見て頂くんだ」

という命令が下されました。私は男性の前で五分間立たされました。そして、公園の男子便所の中でやっと三宅から下着とワンピースを返して貰いました。その小さな布の塊は、もう少し生きていてもいいぞという許可のようなものに思えました。

そして終わりは突然やってきました。

思い出したくもない出来事です。

成人映画館で三宅に命じられ、私は集まってきた周囲の客の視線を浴びながら恥ずべき行為に耽《ふけ》っていました。閉じていた目をふと開けると、沢山の人の中に渡辺君がいたのです。暗がりの中に、支えを失って瓦解していく渡辺君の恐ろしい顔がありました。私はその顔に、目だけで懸命に訴えました。M字型に開いた自分の両脚の間から、物凄く真剣に。しかし一体渡辺君に訴えるような何を、私は持っていたというのでしょうか。それは「ずっと渡辺君を支えていくつもりです」という言葉より遥かに内容のない、寧ろ悪と言ってもよいほど空虚な視線だったと思います。するとポトリと、入れていた物が抜けてしまいました。「おい浩子、もっと真面目にやらないか」という三宅に叱責され、私はハッとしてその言葉に縋《すが》り付き、股間にそれを銜《くわ》え直しました。こんな地獄にあっては、インストラクターで鍛えた三宅の馬鹿みたいに明瞭な声だけが私を力付けるのでした。こんな処にまで身を持ち崩してしまった私の耳には、もうまともな言葉など聞こえなかったのかも知れません。私は我を忘れました。純真な渡辺君は、最初は私が暴行されていると思い、助けようと身を乗り出してくれていたようです。しかし私が、周囲の人達がどよめくほど激しく体を仰け反らせ、湿った音を立て始めるのを見て人垣の後ろにスッと引き下がり、その顔は闇の中に消えて見えなくなりました。どうか取り乱さないで、と私は祈りました。私は彼の理性に賭けていました。しかしそれも自分勝手な望みに過ぎませんでした。どんな理性的な人間の中にも、野性は宿っているものです。

映画館を出た所で、三宅の後頭部を殴り付けた渡辺君が手にしていた凶器は、私が彼の誕生日にプレゼントした鉛筆削りでした。渡辺君は私の行動がおかしいと感じて、私との大切な想い出の品を胸に抱きつつ尾行してきたのでしょう。三宅と私の関係に渡辺君がいつから気付いていたのか、それは分かりません。鉛筆削りの角で殴打されても、三宅はびくともしませんでした。頭をブルッと一振りすると、無言で渡辺君の胸座《むなぐら》を摑み、延々と仕返しを始めました。鍛えられた肉体が、物凄い集中力を発揮してか弱い大学院生を滅茶苦茶にしていきます。三宅に髪の毛を摑まれた渡辺君の頭が、コンクリートの上で何度も鈍い音を立てました。半ばいってしまったような彼の目は、ずっと私を探して彷徨《さまよ》っていました。私はこの光景を直視出来ず、三宅を止めるために、頭からの出血で赤く染まった彼のシャツに縋り付きましたが、その度に弾き飛ばされました。「誰か！　誰か！」と私は叫びました。しかし周囲の人々は、私の裸を見ている時と全く同じ目で、ただ目の前に展開する光景を愉しんでいるのでした。

後日警察の人に、渡辺君に後遺症が残ったと聞かされました。あの青年は学問の道を絶たれたかも知れない、あんた一体どうするんだ、と言うのです。私は恐ろしくなり、その田村という警察の人に何度も相談に行きました。そして気が付くとホテルにいて、彼の腕に抱かれていました。いいえ、それは嘘です。私は責め口調の田村を懐柔するために、居酒屋で酔った彼の手を自分の胸の中に持っていったのです。論理では絶対に勝てない相手を、抱き込みたかったのだと思います。田村に突かれている時に「殺して」と叫びましたが、勿論そんなのは茶番に過ぎません。しかし、私がとても存在する価値のない人間である事は確かでした。渡辺君のお母さんが、いつか殺しに来るかも知れないと私は恐れました。そして彼女がそんな事を決してしないだろう事が、一層私を惨めにしました。

田村はしつこい男でした。体に痣が絶えず、最初の内こそ痛め付けられる事は自分に相応しいと私は納得していました。しかしその内に空恐ろしくなって、私はその頃には中林と関係を持っていましたから、思い切って相談を持ち掛けました。中林は色々手を回してくれて、公務員という弱い立場の田村は間もなく姿を消しました。私は引越しました。もう誰とも会いたくないと思いました。しかし一人でアパートにいると、無数の言葉が襲い掛かってきて頭が変になりそうで、頻繁に中林に救いを求めました。中林は優しい男でした。私は彼の胸の中で何度も泣きました。それを自分に対する愛だと受け取った中林は、妻子と別れて一緒になると言ってくれました。私はその言葉を信じる振りをしました。そして時間が経つに連れて、本気で信じるようになりました。中林との関係は、その頃がピークだったと思います。いつまで経っても具体的な行動を起こさない中林に対して、私は次第に苛立ちを覚えるようになりました。

私と会う時、中林は結婚指輪を外していました。それを背広のポケットの中に見付けた時、私の中の衝動に火が点きました。その日の帰り掛けに、中林は指輪がないと騒ぎ始め、私は泣きながら自分の無実を彼に訴えました。中林が床に這《は》い蹲《つくば》って、豚のようにアパートの中を嗅ぎ回る様子を私は無表情に眺めていました。その頃から関係がおかしくなり、喧嘩する事が多くなりました。罵り合った後に彼が帰ると、私は秘密の場所から結婚指輪を取り出して自分の指に嵌《は》め、長い事見詰めました。プラチナの指輪で、裏側に夫婦のイニシャルが入っていました。

三

「何か作ろうか？」と清二さんが言いました。

「食べたくないわ」

「じゃあ、自分の分だけ作っていい？」

「どうぞ」

「義姉さんは寝てていいからね」

ここは私の家なのよ、と心の中で訴えながら私は鼻まで毛布を被りました。キッチンのテーブルで、スパゲティを啜る音がたまらなく嫌でした。人間が物を食べる音というのは、時に耐え難いほど露わな欲望を感じさせるものです。咀嚼《そしゃく》、嚥下《えんか》、舌鼓、おくび、溜息の音が、部屋中に響き渡って渦を巻きました。

食器を洗い終えた清二さんは、「義姉さん」と呼び掛けてきました。私は眠っている振りをしました。彼は一旦外に出て行きました。窓の外で煙草を一服するためです。そして、煙草臭さを纏って戻ってきました。

「義姉さん……」と又呼びます。一体何の用でしょうか。私は瞼を震わせない事と、規則的な寝息を立てる事に精神を集中しました。すると彼の手が伸びてきて、私の頭を撫で始めました。髪の毛は二日間洗っていません。解《ほつ》れた髪を、指に絡ませるような事もしてきました。

「可哀想に……」と清二さんが言いました。

嫌悪感で体が固まりました。清二さんは、私が眠っていないと分かっていたに違いありません。私は何度か眉間に皺を寄せましたし、規則的な寝息どころか、毛布の中で何度も息を止めていたからです。しかし彼はわざと気付かない振りをして、独り言のように言いました。

「ちょっとシャワーを浴びさせて貰おうかな」

私は心の中で目を剝きました。この男は、どこまで図々しいのだろうと、怒りで胸がいっぱいになりました。このままでは、その内に泊まっていくとも言い出しかねません。

「歯ブラシも借りますよ」

歯ブラシを借りるって、どういう事なの！

清二さんは風呂場に行きました。暫くすると、シャワーの音に混じって鼻唄が聞こえてきました。私は毛布にしがみ付きながら、布団の上で転がり回りました。そして、明日から二度と清二さんを家に上げないようにしようと誓いを立てました。

腕に服を抱え、パンツ一丁で出てきた清二さんの体は、人間と言うより猿でした。私は今目が覚めたばかりだという表情を作って布団の上に座り、目を擦りながら「服を着て」と言いました。

「はいはい」と彼は答え、「ご気分は？」と訊いてきました。

「最悪よ」と私は両手を突いて項垂《うなだ》れました。

「義姉さん」

「何？」

「綺麗だ」

「………」

「相変わらず、色っぽいよ義姉さん」

私は髪の毛を掻き上げながら首を振りました。

「止めて頂戴」

「もう一回だけ」

「何を言っているの？」

「頼むよ義姉さん」

チラッと見ると、清二さんはパンツを脱いでいました。

「昔みたいに、一回だけでいいから」

「嫌よ！」

「一回こっきりだから」

「絶対に嫌！」

「じゃあ昔寝た事を兄貴にバラしてもいいのか！」

「どうぞ！」

「何だよ！　そっちから誘ったんだろうが！」

「あの時は、どうかしてたのよ！」

「ねえ、この通りだよ、義姉さん！」

床に倒れ込むように大きな音を立てて、清二さんは土下座しました。

こういう時です。こういう時にだけ、私は自分が生きていると感じるのです。こんな時にしか、自分の存在に確信が持てないのです。精神の一番低いレベルに堕ちてから、やっと体の芯の部分に充実感が湧き上がってくるのです。孝雄との十八年間の結婚生活で、私は何度同じような過ちを犯してきたでしょうか。どこかでこの鎖を断ち切らなければ、私は本当に駄目になってしまいます。孝雄は、私のありのままの姿を受け止め切れませんでした。そして、自分だけの妄想世界を築いて武装したのでした。私に関わった男達は、例外なく自滅していきます。そして目の前に又、自滅を約束された猿が欲望に満ちた目を血走らせて土下座しているのです。こんな口の臭い毛むくじゃらの男と、新たな間違いを犯す事など絶対に嫌でした。そして絶対に嫌な事ほど、私を狂わせる事はありませんでした。

「馬鹿ね」と私は言い、毛布に包《くる》まって清二さんに背を向けました。襲ってくるだろうか、襲ってくれたら無理矢理された事に出来るなどと目まぐるしく頭を回転させながら、私は顔をクシャクシャにして、余りの出口のなさに声を押し殺すのでした。

化け物

一

事務所は雑居ビルの三階にある。年代物の業務用エアコンは、気に障る音を立てている。三十平方メートルの部屋は一向に暖まらない。さっき食べたカップラーメンの匂いが部屋中に籠もっている。私は美顔クリームのパンフレット用のイラストを描いている。クリームを塗っただけで美人になる筈がない。しかしそのように描いて欲しいという依頼であった。二十個のイラストで四万円になる。成人漫画を真似して描いている。

私は一応美術大学で油絵を学んだが、絵は一向に上達しないまま卒業した。卒業後に、デザイン事務所を立ち上げた。今日までずっと一人でやってきた。どんな小さな仕事でも、全力でこなしてきたつもりである。下手だから、手を抜けない。下手は下手なりに一生懸命に描く。少ないながらお得意さんも生まれた。中には「若島さんの絵には味がある」と言ってくれる社長もいた。

仕事は、最後は人間だと思う。「迅速・丁寧・期日厳守」をモットーにやっている。

昔から、真面目だけが取り得の子供だった。兄には、幼い頃からどこかパッと閃《ひらめ》くようなところがあったが、私は物心付いた時から自分が平均以下の人間に過ぎないと分かっていた。ずっと固い地面を踏み締めるように歩いてきた私が、デザイン事務所を立ち上げたのは冒険だった。その後は、この事務所を堅固なものにする事にばかり腐心してきた人生だったと思う。この事務所は、私にとって荒海の中に浮かぶ島である。

偏差値の高い大学の文学部を出た兄が、数年間定職に就かずにブラブラした後、機械部品の製造工場に就職した事は私にとって意外だった。もっと突飛な仕事に就くと想像していたからである。しかし彼の狙いは、現業職という仕事内容と定時上がりの勤務形態にあった。精神を煩わされない仕事によって生活の基盤を整え、加えて小説の執筆時間を確保するのが目的だったのだと、後に分かった。

兄は三十六歳で結婚した。結婚前から、私は何度か、浩子さんの勤める喫茶店「クロノス」で彼女に会った。大柄で色白の美人だった。初めて会った時、彼女は私の顔を見て「似てないんですね」と言った。がっかりしたような表情に、引っ掛かるものがあった。後日、兄は私に「暗い女だろ」と嬉しそうに話した。

「文学とセックスが好きなネクラ女だ」

「綺麗な人だね」

「暗さがいいだろう?」

「そうだね」と私は答えたが、そうは思わなかった。ごくたまに見せる笑顔の方が素敵だと思った。「クロノス」のコーヒーは苦かった。店が暇な時、浩子さんはよくカウンターの隅っこの椅子に腰掛けていた。手元には決まって文庫本があった。兄がトイレに立って彼女と二人きりになると、何も話す事がなくなった。

「何を読んでるの?」

「ガスカール」

「そう」

知らないフランスの作家で、後に「けものたち」や「死者の時」という作品を読んでみたが、戦争の影の濃い暗い作品だった。彼女は、指の腹で文庫本のカバーを撫で回していた。店の奥の厨房から、フライパンの鳴る音がした。マスターは顎鬚《あごひげ》を蓄えた初老の男で、余り喋らない人だった。私は冷えたコーヒーを啜った。彼女が一筋の鼻息を放った。こんな女を相手に出来る兄は自分とは違う、と思った。

兄夫婦とは距離を保っていた私は、彼らがどんな暮らしをしているのかよく知らなかったが、兄が四十三歳で小説家デビューした時、文学賞の授賞式に招待されて出版社の社屋に出向いた。授賞式は社内のホールで挙行され、その後立食パーティーとなった。知らない作家や編集者、新聞記者の中で私は全く場違いな存在で、食べ続ける以外にする事がなかった。兄は沢山の人に囲まれて得意げに喋っていたが、浩子さんはその輪の中には加わらずに一人で皿に寿司を盛っていた。その皿に寿司が二段重ねになっていた事に、私は驚いた。彼女は壁際に並べられた椅子に腰掛けると、山盛りの寿司を平らげ始めた。一個を咀嚼、嚥下するとすぐに次の寿司を頬張り、その連続した動作は途切れる事なく最後まで続いた。全部で十二個の寿司を食べ終えると彼女は立ち上がり、ドリンクコーナーから湯呑を取ってきて同じ場所に腰掛けてお茶を啜った。寿司を食べている最中に、何人かが彼女のところに寄って来て声を掛け、その中には兄もいたが、浩子さんは軽く頷いただけで彼らの誘いを断った。私はお腹がいっぱいでもう何もする事がなかったので、彼女のところへ行って隣の椅子に腰を下ろした。

「疲れた？」と訊くと、彼女は首を横に振った。

「小説家だね」

「そうね」

久し振りに声を聞いた。低い声である。彼女は茶を飲み干し、どこか遠くを見るような目になった。口の中の飯粒を舌で弄《いじ》っている。

「最近、どうなの？」と私は訊いたが、彼女は答えなかった。私はスカートを見た。生地が左右に伸びてトランポリンのように張っている。裾から太腿が半分ほど覗いていた。

「退屈かい？」

「いいえ」

「一度事務所に遊びにおいでよ」

そう言って、私はポーチの中から名刺入れを取り出し、トランポリンの上に一枚置いた。

「いいえ」と彼女は言った。

「僕の城だ」

私の名刺には、鉢植えの水仙のカラーイラストが描かれていたが、彼女は一瞥《いちべつ》もくれなかった。私は彼女が返してきた自分の名刺を名刺入れに戻すと、フルーツを取りに席を立った。立ち上がり際に「フルーツは？」と訊くと、彼女は寒気に襲われた人のように首をブルッと震わせた。この時、浩子さんは三十三歳だった。


二十六歳で兄と結婚した彼女は、傍目にもどこか夢を見ているようで、地に足が着いていていない印象だった。現実主義者の私の目から見ると如何にも頼りなく、家庭の主婦という感じが全くないところに私は一抹の不安を覚えた。私は当時よく「クロノス」に通っていて、彼女を眺めながらコーヒーを飲んだ。兄もどちらかと言うと夢想家的傾向が強く、この夫婦は私がしっかり見守っていかないと破綻すると直観した。しかし彼女が二十七歳の時に店を辞めると、接触の機会はめっきりなくなった。私は一人デザインの仕事を真面目にこなす日々を送りながら、頭の隅で常に兄夫婦の事を案じていた。

或る日の晩、注文を受けたキッチンのパース画が何度やっても上手く描けず、叫び出しそうな時間を私は過ごしていた。図解的な絵の場合、味わいではなく正確さが要求されるが、私は苦手だった。立体視する脳の部位に軽い欠陥があるという自覚は、ずっとあった。期日は翌日の午前中に迫っていたが、見通しが付かないまま日付が変わった。酷く眠かった。午前零時までに床に入るのが習慣の私は、事務所から車で一時間弱掛かる自宅に帰るのを諦め、不安を抱えたまま事務所のソファに体を横たえた。

リモコンスイッチで蛍光灯を消したが、頭の芯に点った小さな光はいつまで経っても消えなかった。街灯やビルの看板の光が磨りガラスの窓に滲《にじ》んでいるのを、私はずっと眺めていた。時々車のヘッドライトがガラスと天井を掠《かす》めていった。

こういう時である。私が訳もなく恐ろしくなるのは。

当時私は三十五歳だった。盛んに両手で顔を擦《こす》り、自分の顔と手の匂いを嗅いだ。私の顔は一斗缶のように大きな直方体で、普通にしていても小鼻が怒ったように膨らんでいる。顎と下唇が大きく前に突き出し、目は奥まっていて針で穴を開けたように小さく、眉毛は物凄い速さであっちこっちに伸びていく。従兄弟の幼い子供が私を見た途端に泣き出したのは、この顔のせいだと気付いたのは小学二年の時だった。その頃には既に毛深く、父親が私を「猿」と呼んで母親に叱責されていたのを覚えている。体のバランスもおかしく、腕が極端に長く脚が短い。肩から背中に掛けての筋肉は、鍛えてもいないのに水泳選手のように盛り上がって、前屈みの姿勢を作っている。汗っかきで、体臭や口臭もきつい。肌も汚く、出来物が絶えない。このまま童貞で一生を終わってしまうのではないか、誰とも結婚出来ないのではないかという恐怖に襲われるのは、決まってこんな眠れない夜だった。

私はずっと諦める努力を続けてきた。普段は仕事にしがみ付き、儀式化した生活の中で忙しく立ち回る事で気を紛らわせていたが、時として訪れる不眠の刻は私が営々と築き上げたこの鎧《よろい》を破って恐ろしい運命を突き付けてきた。私は三十五年間、女性の体に触れた事がなかった。

「お前、女はどうしてるんだ」と、学生時代に兄に訊かれた時「それなりだよ」と私は即答したが、その時の気まずい雰囲気を思い出す度に全力で走り出したくなる。高校の頃、寝ている兄のはだけた浴衣から覗いたツルツルの胸を見て、激しい嫉妬に身が震えた。私の胸には赤い出来物が白い頂を伴って幾つも聳《そび》え立ち、その峰にさわさわとした胸毛が絡まっていた。何度か剃り落とす内に、やがて胸毛は剛毛に変わった。背中に毛が生えているのを見付けた時の衝撃は忘れられない。このまま猿になってしまうのだと本気で思った。絵に集中している時だけ、自分の肉体を忘れられた。陰に陽に苛められてきた長い経験から、組織に属するのは無理だと判断してデザイン事務所を立ち上げたが、最初の数年間の営業回りはきつかった。面と向かって「気持ち悪い」とか「シッシッ」と言われ、橋の上や踏み切りの前で長い時間佇んでいた事も一再ではない。

こちらに悪気は一切ないにも拘らず、私を見た相手は確実に不快の淵へと転落していく。町を歩く女性達は遠くの方からでも一瞬でそれに気付き、私を切り捨てて無視する。だから私は常に下を向いて、こちらからは何も見ないようにする習慣を身に付けていた。私が唯一まともに見られる女性は、従って浩子さんだけだった。なぜなら彼女は、私にとって身内だったからである。

二

その夜は結局眠らず仕事に戻り、午前中いっぱい掛けてギリギリで間に合わせたキッチンのパース画は、最終的に「これはないよあんた」と言われて没になった。こんな事は初めてで、事務所設立以来十三年間積み上げてきた信用が音を立てて崩れ去った気がした。しかし実際は、この絵は若干の修正を施された上でパンフレットにほぼそのままの形で使用されていた。この事実を後に知った私は会社に捩じ込み、訴訟を起こすと息巻いた。慎重で引っ込み思案の私にとって、半ば自棄《やけ》っぱちの行動だった。事務所の沽券《こけん》に関わっていたのである。結果的に私は、正当な報酬に賠償金を上積みした金額を受け取る事に成功した。自分の風貌が、このような場面で絶大な効果を発揮するのを私は知った。社長や重役達が、ナマハゲに怯える子供のように見えた。私は担当者を呼び出させ、恫喝《どうかつ》した。そのインテリ社員を人間の屑《くず》呼ばわりすると、電気のような快感が体中を駆け巡った。

私の絵に欠陥があったのは事実で、全体を歪ませる一本の間違った線があった。私は通信教育でパース画を勉強し直し、自分の空間認知の歪みを補正する手立てを工夫した。それは財産になった。しかし何よりの宝は、私にはいざという時に闘う武器がある、と知った事だった。これで一人で荒海を渡っていけるかも知れない、と思った。

　この時期に、私は初めて金で女を買った。そのホテトル嬢は四十歳近い主婦で、体の線は崩れ、酒焼けした声の持ち主だった。女は最初私を酷く警戒している風だったが、女を抱くのは初めてだと打ち明けると、同情したのか掌を返したように親切になった。腰の動かし方がおかしいと何度も指摘されて笑われたが、嫌な気はしなかった。私はセックスというものを大真面目に学習しようと努め、そしてこの女は私にとって悪くない教師だった。「息が臭い」と言いながらも女はベロチュウを許し、私には子供っぽい純粋さが残っていると言ってまっすぐに目を合わせてきた。ホテルから出ると我々は別々の方向から帰る決まりだったが、互いに二度ほど振り向いて手を上げた。彼女の口も歯槽膿漏《しそうのうろう》臭かった。

　女の体を一旦知ってしまうと、それまで頭の中に充満していた透明な理念型のようなものの虚構性が露わになった。女の肌の弛み、首の皺《しわ》、汗臭さ、口臭、鼻毛、真っ黒な膣《ちつ》のアンモニア臭、痔疾《じしつ》で飛び出した肛門《こうもん》、腋毛《わきげ》の剃《そ》り残しなどが、身体記憶として私の中に刻み込まれた。それらは忌避すべきものであると同時に、どこか人間的な懐かしさでもあった。女とは、化粧品会社が捏造する架空の美ではなく、独特の体臭を放つ動物的実在だった。私は浩子さんの事を思った。彼女も又、そのような獣臭い雌の一人に違いない。

　私は独り身だったので、生活を自分の趣味に応じて自由に組み立てる事が出来た。映画、音楽、美術、思想、宗教といった分野に稼いだ金をつぎ込み、コレクションを充実させていく楽しみに始まって、洗濯や炊事、掃除といった家事労働に於ける細々とした手順や、家の中に在るあらゆる物の配置に至るまで、自分の美学に基づいて厳密にルールを定めていた。本やＤＶＤの背表紙は一つの例外なく見えていなくてはならず、栞《しおり》の紐《ひも》は本の下から少しはみ出していなければならなかった。何故なら、そうでなければ役に立たないからである。私の美学の背骨には「実用」という一本の柱が通っている。美学と言っても美しさを求めているのではない。自分の存在を考えると、それは許されなかった。芸術作品には自分の存在を忘れて没入出来るという実用を、宗教には慰めという実用を求めた。従って無駄な物は悉く排除した。例えば美しいだけの花といったような物は。

　ベッドの掛け布団が少しでもずれていると、気になって寝入る事が出来ないといった傾向は子供の頃からの質《たち》だった。真面目で几帳面で神経質という通知表の評価は小学校時代を通してずっと変わらなかったし、今も変わっていない。生活というものは、隅々まで決まり切ったものでなければならず、時として残業を余儀なくされる事はあっても、事務所を開設した当時に決めた一週間の生活パターンを基本的に私は延々と繰り返しているのである。でなければ安心する事が出来ない。

　少しでも油断すると、まるで裂傷のように、生活の中に小さな隙間が口を開ける。例えば部屋を掃除していて、つい昔書いた作文などに読み耽り、気が付くと辺りが夕闇に包まれていてハッとした時の、あの打ち捨てられたような瞬間にその隙間は姿を現した。窓ガラスの手前の空間が縦にパックリ裂けている。その向こうに「不安」という真っ赤な化け物が顔を覗かせていて、今にも飛び掛かろうと鞴《ふいご》のように荒い呼吸を繰り返しながらこちらを見ている。だが本当は、そこにいる化け物は窓ガラスに映った私の顔で、恐れを抱けば抱くほどその表情は異様さを増してくる。一度その小さ過ぎる奥目に射竦《いすく》められると、意志という意志が挫《くじ》かれて逃げ出す事が出来ない。こんな姿で生きている事が途轍《とてつ》もなく怖くなり、もう一瞬でも存在していたくないという気持ちで胸がいっぱいになる。部屋の灯りを点ければ幻影は消えると思う一方で、煌々《こうこう》とした蛍光灯によって鏡と化した窓ガラスにくっきりと自分の姿が映ってしまう事が恐ろしく、身動きが取れない。どんなに取り繕っても、一目見て子供が泣き出し、大の大人も後退るような自分の顔や骨格や皮膚がこれ以上でもこれ以下でもない生身の私の姿であって、これ以外の存在形態はあり得ないのだという事実に圧倒される。それでもあのホテトル女は抱いてくれたではないか、と思う尻から、あの女も又自分と同じ化け物の仲間に過ぎなかったのではないかという疑念が湧いて、すると窓ガラスいっぱいに化け物の饗宴のような有象無象の醜態が展開し、狂気じみた叫び声のようなものまで聞こえる始末なのである。

気が付くと私は台所のシンクにしがみ付き、小さな目をいっぱいに見開いて食器を睨み付けながらこれ以上はない丁寧さで食器を洗っている。このように日常的で決まり切った仕事に飛び付く事で「あちら側へと持っていかれる」事を回避するしか、私の取るべき手段はなかった。このような魔除けの儀式によって私の生活は満たされていた。私は自分が恐ろしい。自分が存在している事自体を絶えず忘れようとする事の中にしか、私の実存はなかった。

ホテトル女にうつされた性病が漸《ようや》く治った頃の或る日の夕方、兄がひょっこり事務所を訪ねてきた。事務所と兄の家とは一駅しか離れておらず、車で十分の距離だが、訪ねてきたのは数年振りの事であった。特に用事がある様子でもなさそうで、落ち着きなく事務机や本棚を眺め回すと

「儲かってるのか？」と訊いた。

「儲かってないよ」

「コーヒーが飲みたい」

「分かった。今淹れる」

兄からは、一日の労働の匂いがした。わざわざ一駅前で降りて、歩いて来た理由は何だろうと訝った。コーヒーの入ったマグカップを両手で包み持った兄は、事務机に尻を載せ、両脚を交差させて立ち、どこか詩人のような佇まいである。

「お前、本物か？」と兄が言った。私はコーヒーの事だと思い、「ブラジル産のアラビカ豆だよ」と答えた。

「やるじゃないか」

「何が？」

「清二に似せているな」

「何の話？」

「お前は誰だ？」

私は兄の顔を見た。その顔には、遠い昔の薄笑みが浮かんでいた。

「やめろよ」と私は言った。

学生時代に、同じ台詞を聞いた事があった。兄は大学三年の時に付き合っていた女に理不尽な捨てられ方をして勉学に手が付かなくなり、傍目で見ていても精神が著しく不安定になった。その時、私に向かって「本物の清二とはどこか違うな、お前」と言い出した。当時美大の一年生だった私にも、追い詰められて現実を受け入れられなくなった兄が、どこか別の世界へと逃げ込もうとしている事が容易に見て取れ、実に子供っぽいと思った。

「何だと？」

「何かあったんなら相談に乗るから話してみろよ、兄さん」

すると兄はコーヒーを一口啜り、長い息を一つ吐いて、恐らく女達がドキリとするに違いない流し目を作って、私を舐めるように眺めながらこう言った。

「お前こそ、辛いんじゃないのか？」

その言葉の中に、私は軽蔑と憐憫《れんびん》とを読み取った。兄が何に苦悩しているのかは知らなかったが、実の弟の身体的欠陥を盾に自衛の挙に出た汚いやり口に対して、私は憎悪の念を抱いた。自分という肉体的存在そのものが苦痛である人間の苦しみなど、到底理解出来ないであろう美男子の兄の顔にゾッとするほどの冷たさを感じ、私はこの時、兄に対する報復を決めた。深い淵へとどこまでも落ちていくような感覚があった。

「僕は相変わらずだよ。それより浩子さんとは上手くいってるのか？」

「問題ない」

「そうかい」

「特段の事はない」

「そう」

これが兄弟の会話だろうか。同時に私は、兄と浩子さんとの間に感情的な齟齬《そご》が存在している事を直観した。私は二人の間に自分という化け物が介入する事で、彼らに対して一定のダメージを与える事が出来るに違いないと考えた。浩子さんは専業主婦で特に何もしておらず、昼間はずっと家にいるという。しかし実際は毎日のように出掛けている。私が知っているこの事実を、兄は知らない。馬鹿だと思った。私は自分の生活の中に占める浩子さんの領域を、更に拡大する事を目論んだ。初めて彼女に会った時から、彼女の存在は私の生活の中で最も重要な「実用」であり続けていたのである。

私が彼女の性癖を突き止めたのは、兄との結婚後数年経った頃だった。とんでもない女で、不特定多数の男と関係を持っていたが、何故かそれを責める気にはなれなかった。彼女も又一種の化け物だと感じたからかも知れない。それ以来、密かに尾行や調査を続けている。

三

兄の来訪から暫く経った或る日、真昼間の公園の公衆トイレ裏の繁みの中で、木の幹に抱き付いた姿勢でスカートを捲り上げ、後ろから男に挿入されている浩子さんの姿を写真に撮った。相手の男は、自動車整備工のようなブルーのつなぎを着ていた。昼休みという束の間の時間を利用したこの動物的な営みは、ものの十分余りで終わった。彼女は後ろ手に膣の中に指を入れ、長く伸びたコンドームをパチンと引っ張り出して草叢に捨てた。男はちょっと立ちションでもしたという感じで自分のモノを仕舞い込み、何か一言二言言ってから立ち去った。

彼女が真っ直ぐ駅に向かうと目星を付け、先回りをして駅の改札を通った。女子トイレに入ろうとする彼女の脇をわざと横切り、彼女に気付いていない風を装って、ホームへの階段を登った。焦げるような彼女の視線を感じて、私は恍惚《こうこつ》となった。私はこれまでにも、こういう事を何度か繰り返していた。性的放逸に身を任せた直後に、私の姿を目にする事で彼女が蒙るであろう精神的ダメージを想像して、私は楽しんだ。いずれ彼女の方から、何らかのアクションを起こしてくるかも知れなかった。私はこの感覚を、写真データと共に大切に家に持ち帰った。

浩子さんはニンフォマニア、即ち色情狂であろうと考えられた。成人映画館、ビデオショップ、曖昧宿の前の路上など、彼女は幾つかの決まった待合場所を持っていた。集まってくる男達は彼女についての情報を共有し、相手をする男が特定の人間に偏らないような暗黙のルールまで存在するかのようであった。彼女を挟んで男達が互いに譲り合うような場面も見られ、それは彼女が決して男達を夢中にさせるような高貴な存在ではなく、寧ろ珍妙な性処理の道具程度の扱いしか受けていない事を疑わせた。整ったプロポーションを持つ色白の美人ではあったが、何かが決定的に欠けているという印象は拭えない。彼女を相手にする男達こそ、皮膚感覚を通してその不気味な欠落感に食傷しているのかも知れなかった。

その数日後、私は思い立って事務所を抜け出し、電柱の陰に隠れて兄の家を張り込んでいた。すると後ろから声を掛けられた。

「何をしているの？」

振り向くと浩子さんが立っていた。私は咄嗟《とっさ》に視線を落とし、彼女の短いスカートから伸びた無毛の脚と、爪先同士が顔を寄せ合っている赤い靴を見詰めた。彼女は私を素通りして自分の家へと歩いて行き、小さな門を開けながら振り向いて「お入りなさいよ」と言った。

家の中では殆ど言葉を交わす事なく、彼女の方から私の首に両手を回してきた。見知らぬ労働者の男達に身を任せる堕落志向の彼女の精神が、私という存在を不潔、異形、化け物の究極の存在として「再発見」し、いつかこのように性的に誘惑してくるだろう事は、私には予測が付いていた。離れて夢想しているばかりの状態では決して味わえなかった、彼女の鼻息の風邪っぽい臭いや漢方薬のような口臭、艶がなく枝毛の目立つ髪、私を抱く腕の哀しいほどの筋力のなさ、ペディキュアが剝がれ掛けた爪、足の親指の脇からはみ出した無駄な肉、腋毛の剃り残し、扇状に広がる黒胡麻模様の陰毛などが目の前に次々と展開し、私は、私のモノにえずいて粘性の強い唾液を口から垂れ流しているこの哀れな女を、堪らなく愛おしく感じた。気が付くと私の唇は、ベロチュウが高じて彼女の鼻の穴までを覆い尽くしていた。彼女は目玉をクリクリさせて私から離れようと身悶えたが、私は彼女の頬を手で摑んで思いっきり口と鼻の穴を吸い上げた。その瞬間彼女の眼球が引っ込んだように見え、耳から空気の音がした。私が力を緩めると、彼女は私を突き飛ばして生死の境目のような咳をした。

　彼女との営みは五時間ぐらい続き、私は女体とセックスに関して幾つもの貴重な発見をした。彼女は途中で力尽き、四肢や首がブラブラになった。白目を剝いて居眠りし、膣は度々乾いたが、私は彼女の体に夢中だった。七回射精すると何も出なくなり、皮が擦り剝けて血が滲んだ。彼女の方も同様に裂傷を負い、二人でシャワーを浴びながら悲鳴を上げ、それぞれの場所にオロナイン軟膏を塗った。一瞬笑顔も出て、すっかり打ち解けたと思ったが、服を着てテーブル越しに向かい合うと昔の雰囲気が甦り、気まずい沈黙が訪れた。お茶の一杯も出なかった。

「帰って」と彼女が言った。

「又来てもいいかい?」

「部屋が臭い」

「義姉さんの事、ずっと好きだった」

「息苦しい」

「窓を開けようか?」

「帰れよ」


その数年後に文学賞の授賞式で会った切り、十年ほどの間、会って話す機会はなかった。私は相変わらず時々彼女を付け回したが、特定の男と浮気する現場は目撃出来ても、映画館で輪姦されるような場面には滅多に遭遇出来来なくなった。

兄から浩子さんに大怪我をさせたという連絡が入った時、私はすぐに飛んで行った。しかし家から出てきた彼女は、どこも怪我を負っている様子はなかった。

「どうぞ」と彼女は言った。

一階のリビングに布団が延べてあり、スウェット姿の彼女はすぐにその上に腰を落とした。あの時と同じカーペットが敷かれていた。四十三歳の彼女には、若い頃にはなかった落ち着きが感じられもしたが、暗さは一層拗《こじ》れているように思われた。

「大丈夫?」と私は訊いたが、彼女はそれには答えず「臭いでしょう?」と言った。

「何が？」

「汗臭い」と自分の臭いを嗅いでいる。

私は首を振りながら「義姉さんの匂いだから」と言った。疲れて風呂にも入れないらしい。私はその日から度々訪ね、やがて日参するようになった。兄との間に何があったかを彼女は決して口にしなかったが、私には分かっていた。二人で兄を完全に壊してしまおうと持ち掛けてみたが、聞こえない振りをされた。彼女は私を本気で嫌っているようだった。抱き合った事など一度もなかったかのように振る舞い、視線を感じてふと見ると、ゴキブリを見るような目で睨み付けている。美人が嫌悪感を剥き出しにした顔ほど、醜い表情はない。私は打ち震えた。彼女を訪ね始めてから、下着と靴下は一度も替えなかった。

シャワーを借りた時、排水口に溜まった彼女の髪を摘み上げて逸物の根元に巻き付けたりして遊び、体を湿らせはしたが勿論石鹸など使わなかった。風呂場から出ると、私はパンツ一丁で彼女に迫った。裸になって「もう一回だけ」と懇願すると、彼女は毛布に芋虫のように丸まって背を向けた。

「でへへ」

毛布を引っぺがし、仰向けにしてスウェットのズボンを引き摺り下ろすと抵抗する素振りを示しつつもされるがままで、大柄のくせに何て非力な女だと思った。パンティを脱がせようとした瞬間、顔に唾を掛けられた。

「でへへ」と彼女は笑い続ける。

脱がせたパンティで顔を拭い、両膝を持って股を広げ、祈るようにして鼻を埋めた。

縦に裂け目が入っていた。私は目を剥いた。その裂け目は大きく歪んでいて、「不安」という真っ赤な化け物が顔を覗かせ、今にも飛び掛かろうと鞴のように荒い呼吸を繰り返しながらこちらを見ているのである。

おみやげろ

一

密集した家々の中を細い路地が縫っていて年寄り世帯が多いその一帯は、道幅が狭過ぎて車が入れない。この住宅街の外側を、一本の車道が走っている。その緩い坂道に面して、新興の建売住宅が並んだ一角があり、その内の一軒の玄関内で二人の男が顔を見合わせている。小説家の若島孝雄（五十三歳）と、デザイナーの若島清二（五十一歳）で、彼らは兄弟だった。

六月上旬のその日の午後にこの家の主人である孝雄が戻った時、家の中から実弟の清二が姿を現した。二人が会ったのは数年振りの事で、互いに何を言っていいのか分からずに「お」「あ」のような意味のない言葉で曖昧な挨拶を済ませた。

この時、孝雄の妻の浩子は居間に布団を敷いて体を横たえていた。

孝雄は清二の脇を通って自分の家に上がり込んだ。

兄弟は居間のテーブルの椅子に腰掛け、L字に向き合った。

数分間、沈黙の時間が過ぎてから「兄さん、コーヒーを飲むかい？」と清二が訊いた。

孝雄は小刻みに四、五回頷いてから「要らない」と言った。

「飲むだろ？」と清二が重ねて訊くと、孝雄は「ああ」と答えた。

清二は立って薬缶《やかん》に水道水を入れ、ガスコンロに掛けた。横から覗き込み、薬缶の底が五徳の中心にくるようにしつこく調整してから、ゆっくりと点火摘みを回す。

窓の外で、カーブを曲がる自転車の甲高いブレーキ音がして、すぐ傍の小さな公園で遊ぶ子供達の声に被さった。その公園には鉄棒と低い滑り台しか遊具がない。

湯の沸く間、清二は戸棚を開けてマグカップやペーパーフィルターを準備しながら「小説の方はどうなの？」と兄に訊いた。

「何が？」

「小説」

「ああ」

孝雄は妻の方を見た。浩子は掛け布団に顔を埋め、旋毛《つむじ》の見える丸い頭を二人の方に向けて微動だにしない。

「お前、ここで何をしている？」と孝雄が弟に訊いた。

「近所まで来たから」

「何の用だ？」

「別に」

「ふっ」と孝雄は息を吐いた。

薬缶が噴いた。清二がコーヒーを淹れている間に一度だけ、浩子の頭が枕に擦り付けられるように動いた。部屋にコーヒーの匂いが立ち込める。

「義姉さんも飲むかい？」と顎を上げて清二が呼び掛けたが、浩子の頭は動かなかった。

兄の前にマグカップを置き、取っ手が孝雄の右手側にくるように半回転させてから、清二は椅子の上に腰を下ろした。

孝雄がジルジルとコーヒーを啜り始める。

両肘をテーブルの上に突き、組んだ両手に顎を載せた清二が、「文芸誌とかに書いてるのか？」と訊ねた。

ジルジル
「もう専業作家になってから一年以上経つな」

ジルジルズルジル
「仕事場に寝泊りしてるんだって？」

ジュルジュルズズッズロロ
その時、呪文にでも掛かったように浩子がむっくりと上体を起こし、掛け布団を三角に折ってスウェットの背中を兄弟の方に向けた。孝雄のズルズル音が止まった。彼女は顎が胸に付くほど深く項垂れてから、ゆっくりと顔を天井に向けた。肩で小さく息をしている。彼女は目を開いていた。兄弟は揃って浩子の視線を追って天井を見上げ、そこに何もないことが分かるとほぼ同時に彼女の背中に視線を戻した。

ジュル
清二が孝雄を見た。マグカップの取っ手を持った孝雄の右手の中指に、インクの染みが付いていた。清二は自分の指を見た。彼の右手の中指にもインクが付いている。清二は自分の中指を舐め、ティッシュを一枚取って強く擦った。掛け布団の中に閉じ込められていた浩子の体温と湿気が徐々に漏れ出して床を這い進み、スリッパを履いた二人の中年男の足元に絡まってくる気配があった。

「もう玉子がないわ」と浩子が呟き、続けて「豚のバラ肉もない」と言った。

すかさず清二が「買ってくるよ」と反応した。

「なあ？　兄さん」と言う。

「ああ」ジル
「義姉さん、買ってくるよ。ちょっと待って、メモするから」と言い、清二はペン立てからボールペンを一本抜き取ると、兄に向かってメモに字を書く仕草を示した。孝雄は、テーブルの隅の小さなレターケースを指差した。清二は上から順に抽斗《ひきだし》を開けて真ん中の抽斗からメモパッドを取り出すと、几帳面な文字を書き連ね始めた。

「玉子は十個入り？」「豚のバラ肉は四百グラムぐらいかな？」「キュウリは？」「人参は？」「レタスは？」「トマトは？」

義弟に訊かれる度に、浩子はいちいち後頭部で頷いた。しかし清二の質問に対してそれは正確に対応しているとは言い難く、どこか投げ遣りな印象を与えた。

孝雄が飲み干したマグカップをテーブルに叩き付けるように置き、大きな音が鳴った。清二は口を噤《つぐ》んで兄の顔を見た。孝雄は口をチャプチャプいわせながら「お前、何で来た？」と言った。

「だから、たまたま寄ったんだよ」

「何で来た？」

「ああ」と清二は背筋を伸ばした。「車」

「車か？」

孝雄は何かを考えるように、額に人差し指を突き刺した。

「そこに停めてあっただろ？」と清二は言った。

「どこに？」

「家の前のスペースに」

「本当か？」

「何が？」

「車で来たのか」

「そう」

清二は義姉に向かって「あとは適当に見繕って買ってくるから」と言い、椅子から腰を上げた。背を向けたまま、浩子は返事をしなかった。

「じゃあ、行ってくるよ義姉さん」

兄弟は浩子を置いて家の外に出た。

玄関扉は、浩子から借りてきた鍵で清二が施錠した。二人が居間を出る時、浩子は掛け布団を摑んで再び体を布団に横たえ、頭から被った。そして二つ三つ咳をした。

家の斜め前の公園に小学生の子供が三人いて、滑り台で遊んでいる。公園の柵に子供用自転車が三台立て掛けてあり、女の子がスカートの裾を押さえながら滑り降りてきた。孝雄がその女の子の滑走を眺めている間に、清二は運転席に乗り込んだ。

車は隣の家の生垣に横っ腹を晒していて、その生垣の根元に身を隠すように隣人の向坂夫人が蹲《うずくま》っていた。向坂夫人はプランターの中の雑草を抜きながら、車の運転席に乗り込む中年男を、垣根の隙間からじっと見ていた。フロントガラス越しに見える運転席の男の顔は異様に大きく、どこか原始的な野蛮さを感じさせた。隣の家の主人（若島）が無言で助手席に乗り込み、厳しい表情で腕組みをしている。堅気でない男の手によって、どこかに連れ去られようとしているかのような顔だった。運転席の男が車を発車させた拍子にひょいと視線を向けて来たので、向坂夫人は首を竦めてプランターの土の上に視線を落とした。そして、アスファルトの砂利を踏み締めるタイヤの音とエンジン音とが、家の前を通り過ぎていくのをじっと待った。うっすらと排気ガスの臭いがしたので、小さく咳払いする。向坂夫人は改めてプランターの中を見た。彼女の手は雑草だけでなく、せっかく蕾を付けたローズマリーの茎まで毟《むし》り取っていた。彼女は抜いた茎を適当に植え直し、立ち上がって通りに出た。眉間に皺を寄せ、車が消えた方向を見遣る。それから振り返って、隣家の佇まいを眺めた。得体の知れないその家はいつものように静まり返り、公園の子供達の声だけが窓ガラスに跳ね返っている。六十二歳の向坂夫人は糖尿病の持病のある太った体を家の中に運び込み、胸の辺りから嫌な臭いが立ち昇ってくるのを感じて口をへの字に結んだ。

その彼女の家の上空をアオサギが一羽、山の方角へと飛んでいった。

この地方都市は西を海に面し、東に行くに連れて標高は上がり、八百メートルクラスの山脈へと連なっている。彼らの暮らす住宅街は海に近く、時折浜風に乗ってうっすらと潮の香が漂ってくる事があった。

若島兄弟の車は海を背に、山の方に向いて走っていた。

彼らは暫くの間無言だった。

信号に引っ掛かって停まった時、漸く清二が口を開いた。

「義姉さんは参ってる」と言って、フロントガラスの汚れを見ているのか、その向こうの景色を眺めているのか、そのどちらも見ていないのに目だけ開けているのかよく分からない兄の顔を見た。孝雄は頭を微かに揺らし始めた。

「義姉さんは、兄さんに殴られたと言っていたよ」

孝雄の頭の揺れが8の字を描き出した。

「小説が書けなくて苛ついて殴ったんだろ？　それは僕がデザイン画が描けない事を理由に兄さんを殴るのとどこが違うんだ？　小説家は特別なのか？　もし小説家だけに人を殴る権利があるのなら、弱い妻じゃなくて小説家同士で殴り合えばいいじゃないか。その喧嘩で流れた血をペンに含ませて書けば、さぞ良いのが書けるだろう」

孝雄が頭を弟の方に向け、「知ったような口をきくな」と低い声を出した。

信号が青に変わり、車が小さく急発進して、背凭《せもた》れに押し付けられた孝雄は「い」と声を上げた後、「小説とデザインは違う」と言った。

「違うもんか」

「俺は自分の人生をありのまま書いてるんだ」

「それなら写生すればいいんだから簡単だな。書けない理由はなさそうだ。そもそも私小説なんて時代遅れだろうが」

「こんな時代だからこそ、ありのままの世界を精確に写し取る事が最も重要なのだ」

「どんな時代だって？」

「俺は自分の道を行くのだ」

「兄さん、このまま真っ直ぐかい？」

「二つ目の信号を左折しろ」

スーパー「ソ・ロットリマ」の駐車場に、彼らを乗せた車が入っていく。アオサギの目からは、彼らの車が正確にGの字を描いて駐車位置に辿り着いたのが見えていたに違いない。清二は窓を開け、サイドミラー越しの確認と目視とを繰り返しながら、駐車ラインとピッタリ平行になるように車を停める事に意識を集中させた。運転席から降りると、彼は自分の車が駐車スペースの中心から僅かにずれている事に気付き、兄を外に立たせたまま再び車に乗り込んで駐車のやり直しをした。その間、孝雄はじっと弟の様子を見ていた。

二人は並んで歩き出し、スーパーに入る前にどちらからともなく目配せし合い、入り口横のベンチに向かって歩み寄ると、揃って腰を下ろして煙草に火を点け、煙を吹き上げた。ベンチの傍にはトイレがあり、その向こうには駐輪スペースがあった。トイレに行ったり自転車で来店する人間は買い物慣れした常連客が殆どで、面白くなさそうに渋面を並べて盛んに煙を吐いているこの二人の中年男の存在は周囲から完全に浮き上がっていた。

二

清二は、煙草を持った手を幾何学的に動かしながら頻繁に表情を変える孝雄から視線を逸らしていたが、やがて兄の顔を見た。

「兄さん」

「何だ？」

「もう妙な演技はやめにしないか」

「何の話だ？」

「ヘルダーリンやニーチェ気取りなんだろ？」

孝雄は鼻から煙を出した。

「そうやっておかしくなった振りをしても、書けないものは書けないんだから」

清二の顔を覗き込み、「全部言え」と孝雄は言った。

清二は筒状の灰皿に煙草を押し付け、完全に揉み消してから中に落とした。

「兄さんは全然小説が書けていないんだろ。それで昔の私小説作家のように苦し紛れにわざと生活を壊すような真似をして、何か書くに値する題材を搾り出そうとしているんだって義姉さんが言ってた。暫く収まってたのに、又出てきたって。義姉さんに対して手を挙げた時、兄さんの目の中にあったのは怯えだったってよ。狂気ではなく怯懦《きょうだ》だ。怯えた人間は相手の事を考える余裕がないから、叩かれるととても痛いって義姉さんは泣いてたよ。そんな真似はもう止めろよ」

「それで？」

清二は居住まいを正した。

「小説の中でなら、義姉さんや僕をどんな風に描いて貰っても構わない。それは二人で確認し合った。どうせ酷い描かれ方をしているに決まってるんだから。そうだろ？　しかしそれが兄さんの想像力の範囲内なら、我々は文句を言わない。現実ではないからね。兄さんの作風からすれば義姉さんは美人だから差し詰め性的虐待を受けていて、ブ男の僕なんかは暴力男か先祖返りした猿人か何かなんだろう？　そういう作風だよな、兄さんの小説は。大いに結構だ。どんどん書いてよ。でも、義姉さんに手を挙げるのはやめろ。兄さんが書けないのは義姉さんのせいじゃない」

孝雄は二本目の煙草に火を点け、葉が爆《は》ぜるほど強く吸って太い煙を吐き出した。近くを通り掛かった母親が、繋いだ子供の手を引っ張って早足になった。兄に釣られて、清二ももう一本吸い始めた。二人の煙草の銘柄は違っていて、孝雄はセブンスター、清二はスピリットである。孝雄は軽度の肺気腫で、時々息が苦しくなり不整脈も出る。

「兄さんの退職金、もう半分になったそうだよ」

孝雄は小さく頷いた。

「このままいくと来年の今頃には底を突くってよ。貯金もそんなにないんだろ」

背筋を伸ばしてベンチに腰掛けていた清二は突然その場に立ち上がり、一本目と同じように煙草を揉み消して灰皿の中に落とした。

「『お前は誰だ？』じゃないんだよ。そんな事実は思ってもないくせに、何が『お前、偽物だな』だよ。すっかりバレてるんだって。義姉さんも僕らもずっと調子を合わせてきたが、もうそろそろお役御免にして欲しいんだよな。下らな過ぎて付き合ってられないから。僕の記憶では、兄さんが狂人振って現実逃避し始めたのは中学生の頃からだ。当時、鏡を見ながら苦悩面を練習している兄さんの姿を見て虫酸が走ったもんだ。兄さんの苦悩は全部演技で、その演技力は何十年やっても結局殆ど上達しなかった。もう少しましなら僕も義姉さんも協力のし甲斐があったんだろうがな。とにかくもう『お前は誰だ？』は止めて、狂人振って義姉さんを打つのもお終いにしてくれ。兄さんには何も『特別の苦悩』なんてないんだ。市民としても作家としてもせいぜい十人並みなんだから、世の五十三歳らしくもう少し普通の生活をしろよ」

途中で二人の横のベンチにレジ袋を両手に抱えた老婆が腰を下ろし、煙草を吸いながらチラチラ見ては勝手に頷いたりしていたが、清二が一頻《ひとしき》り喋り終えて再びベンチに腰を下ろして黙ってしまうと急に他人の顔になった。孝雄も黙ったまま駐車場の方に視線を向け、走っていく車を目で追ったりしている。そして煙草を吸い終わった老婆がレジ袋を提げて行ってしまうと、彼は清二の方に向き直り「それだけか？」と言った。

「ああ。それだけだ」

「じゃ、行くか」

二人は同時に腰を上げ、スーパー「ソ・ロットリマ」の中に入っていった。清二は入り口でカートの列から一台を引き抜いて籠を載せ、ポケットから取り出したメモを見ながら押して行く。孝雄は清二の周囲をブラブラと歩き、自分の物を物色している。清二は食品成分や賞味期限を細かくチェックし、野菜なども一々手に取って念入りに選んでいった。孝雄は、お菓子売り場から板チョコを一枚持ってきて籠に入れると喋り出した。

「昔付き合っていた女に、変なのがいた」

清二は、手に肉のパックを持ったまま兄を見て頷いた。

「その女は小説を書いていた。小説の主人公を鬱病にしたかったが、彼女は鬱病についてよく知らなかったので本を読んで勉強した。しかし病院の中でどのような診察が行われるのか、よく分からない。そこで或る日心療内科に出向き、鬱の振りをして診察を受けた。簡単な質問用紙に記入させられて臨床心理士と十五分ほど話をした後、精神科医の診察があった。その精神科医は『朝、新聞が読めないでしょう?』と訊いた。彼女は『はい』と答えた。『最近何か環境の変化がありましたか?』『引越しをしました』『それですね』『は?』『原因は引越しによる精神的ストレスです。ちょっとした鬱なので、抗鬱剤を出しておきます。なに、二週間で朝刊が読めるようになりますよ』医者との遣り取りは五分で終わった。その病院には、鬱と診断された彼女のカルテが残っている。その結果、どうなったと思う?」

「小説が書けた」

「いいや。小説は書けず、彼女は鬱になった」

「そうなんだ」

「俺は精神病が嫌いだ。お前は真面目だな」

「僕は兄さんみたいに容姿も良くないし才能もないから、地道にやるしか方法がないんだ」

「俺も同じだ」

「いや、兄さんに比べて僕には何もない。見てくれこの顔を」

清二は肉売り場のステンレスの柱に自分の顔を映した。

「まるで北京原人だ。兄弟なのにどうしてこうも違うんだろう」

「お前こそ『特別の苦悩』の持ち主じゃないのか」

「はっきりと目に見える苦悩だ。誰が見てもこの顔は酷いと分かる」

「この顔だからこそ却《かえ》って顧客が信頼してくれる、とお前は以前言っていたぞ」

「義姉さんにも本当は嫌われてるんだ。分かるよそれぐらい」

「あいつは感情を表すのが下手なのさ」

「僕の体は出来物だらけで分泌物も多い」

「それが何だ」

「下着は毎日染みだらけだ」

「それで？」

「それを毎日自分で洗濯するんだ。一日置くだけで、酷く臭ってくるからね。出来物は、足の裏にまであるよ。兄さんも車の中にいて、本当は臭かったんじゃないのか？」

「いいや」

「義姉さんは露骨に嫌な顔をしたよ」

「それは気のせいだ」

「僕が話し掛けると、眉を顰《ひそ》めて顔を背けた」

「浩子らしいが」

「それは失礼だろ。ちゃんと教育してくれなくちゃ困るよ！」と清二が声を荒げ、傍にいた数人の買い物客は何事もなかったかのようにカートを押して離れていった。

「俺はお前の『特別の苦悩』に付き合うつもりはない」と孝雄は言った。

「分かってるよ」

「浩子は浩子だ」

「それも分かってる」

「じゃあ何が言いたい？」

「別に何も。ただ、義姉さんを殴るのは良くない」

「俺に殴られたと、浩子が言ったんだな」

「ああ」

「お前はそれを信じたのか？」

「そうさ」

「重要なのは浩子がどう感じたかという事だ」

二人の男が立ち話をしているのは買い物客にとっては通行の妨げになっていて、腹立ちまぎれにわざとカートを接触させてくる中年女もいたが、彼らは揃って無自覚だった。やがて兄弟は肉売り場から移動し、幾つかの商品を買い足すとレジに向かった。清二がカードで精算した。金額は七千七百二十三円で、孝雄は「その内返す」と言ったが清二は「いいよ」と手を振った。

三

孝雄は、仕事場の近くで清二に車を止めさせた。

「何か困った事があったら連絡してよ、兄さん」

「ああ」と言いながら、孝雄は自分用の小さなレジ袋を手にして車を降りた。清二は窓を開けた。後部座席には大きなレジ袋が三つ載っていて、その内の一つが傾いて、中から玉葱《たまねぎ》が一個シートに零れ出ている。清二はその玉葱に手を伸ばしながら「義姉さんを大事にね」と言った。

「分かった」

「見ていないようでも近所の連中はちゃんと見てるから」

「変な事を言う奴だな」と孝雄は小首を傾げた。清二は玉葱を助手席に置き、レジ袋を持ち上げて引き寄せた。そして、玉葱を仕舞ってレジ袋の口を結びながら「真面目で常識的な人間には悪を許せる度量はないよ」と言った。

「誰の事だ？」

「殆どの人間の事だよ」

「通報されるという事か？」

「そうとは限らないけど」

「猫が飛び出してくるから、運転に注意しろ」と孝雄は言い、路地へと歩き去った。兄の後ろ姿を見送ってから、清二は車の中で煙草を一本吸った。その間、大型のバンを含めて車が三台やって来た。狭い道の端に寄せて停車している清二の車を、三人のドライバーが睨み付けながら通り過ぎた。清二は煙草を吸い終わると、窓から首を出して地面に唾を吐いた。そして車を走らせ、坂をゆっくり下って行った。

彼は家の前のスペースに車を停めるまでに、九回切り返した。車を降り、中腰になって前から駐車位置を確認し「よし」と呟く。清二がレジ袋を家の中に運び込んでいる間、隣家の向坂夫人はトイレの中にいた。彼女は五日間便秘に苦しんでいたが、そんな事は彼女にとって珍しい事ではなく、酷い時には二週間も出なかった。トイレの小窓を通して、彼女は隣の家に車が戻って来た事を知ったが、立って窓の外を覗く事はせず、息を殺してひたすら耳を澄ませた。車のドアが閉まる音に続いてピッ、キュッキュッという電子音がした。それから玄関扉の閉まる音と鍵の閉まる音がして、あとは秘密と言うように急に静かになった。話し声は聞こえなかった。一人だとすれば、帰って来たのは若島の主人か、顔の大きな原始人の方か、向坂夫人は思案顔になった。

そんな事を考えても彼女にとって殆ど何の意味もなかったが、口に押し当てた自分の掌の匂いを嗅ぎながらこうして何事かを思案し始める時、決まって彼女は少しだけ嬉しい気持ちになるのだった。「人間、考えられる内に考えておかないと損」というのが彼女の口癖で、「頭を使うのは只」という言葉もよく口にしたが、聞き手がいない独り言の場合が多かった。そして今も彼女は「只、只」と呟き、ずるそうな目でトイレの壁を睨み付けた。その壁の向こうには隣家がある。

向坂夫人がトイレで放屁したのと、清二がテーブルの椅子に腰を下ろしたのが同時だった。清二は三つの袋の中身を、一つ残らずテーブルの上に並べ始めた。

「あずきパン、チョココロネ、豚汁、納豆、完熟バナナ、フィリピン産パイン、アジのみりん干し、いくらの醤油漬け、アトランティックサーモン、練り天婦羅、エビフライ、若鶏もも竜田揚げ、韓国海苔、カマンベールチーズ、焼きプリン、ヨーグルト、甘さ控え目コーヒー牛乳、濃厚牛乳」

テーブルに両肘を突き、ラップを破いて若鶏の竜田揚げに齧り付く浩子の顔を、清二はじっと見詰めた。彼女は半ば目を閉じて大きく頷きながら、竜田揚げを手に持ったままパンの袋を開け、チョココロネを口に入れた。口の中で鶏肉の油とチョコの甘みが混ざり合い、そのテラテラした唇の動きを清二は眺め、「玉葱、メークイン、長茄子、人参、キュウリ、玉子、豚バラ」と言いながら残りの物を並べていった。彼が野菜や肉を冷蔵庫に入れていく間にも、浩子は次々に手を伸ばして色々な物を口に運んだ。納豆の容器の中にいくらの醤油漬けを入れ、椅子から立ち上がって冷蔵庫からマヨネーズを取り出してその上に掛け、割り箸で捏ねた上にヨーグルトを加えて食べている。かと思えばエビフライとカマンベールチーズの入った口の中にコーヒー牛乳を流し込み、砕いた韓国海苔を振り掛けたプリンをサーモンで巻いて食べ、そして時々大きなゲップをした。

四十分間止まる事なく浩子は食べ続け、突然手と口の動きが緩慢になったかと思うとピタリと止まり、目玉をクリクリさせた。清二は彼女が食べている間、テーブルの上に投げ捨てられた容器やトレイ、ビニールやラップなどを小まめにレジ袋の中に回収していて、浩子の動きが止まった時テーブルの上は比較的綺麗に片付いていた。清二は浩子が食べ残した物をテーブルの隅に寄せ、その中から幾つかを摘んで自分の口に運んだ。

浩子の消化の時間が過ぎていったが、充実した塊が彼女の中を行きつ戻りつしているらしい事は、次第に湿り気を帯びてくるゲップの音からも明らかだった。清二は玄関に行き、車から持ってきていたプラスチック製のバケツを提げて戻った。既に椅子の上に正座して待っている浩子の前にそれを据えた途端、浩子が突然膝立ちになり、破裂したような声を張り上げてバケツの底に向けて嘔吐した。最後に飲んだ牛乳の白から始まって、その色は食べた物の順序を逆に辿って変化していくように見えたのは最初だけで、喉の奥に指を入れる段になると、茶色み掛かった黄土色ばかりになって一本調子にバケツを満たしていった。浩子は極力バケツの中に顔を突っ込むように努めていたが、指を口に入れる事でどうしても隙間が生じ、四方八方へと飛び散る撥ねを防ぎ切る事は出来ない。テーブルや床、ティッシュの箱などに付着した汚物を小まめに布巾で拭い取っていくのは、清二の役割だった。

やがて嘔吐《おうと》物が乾いた奇声に変わり、既に殆ど持ち弾を失った浩子が空砲を撃ちながらバケツの縁に摑まって項垂れ、そしてゆっくりと顔を上げた。彼女の両目から涙が流れているのを見るや、清二はズボンのポケットからハンカチを取り出して彼女の頬に押し当て、そのハンカチの表を内側に畳んで大事そうにポケットに戻した。浩子は洟《はな》を啜り上げながら椅子から降り、台所の流しにヨロヨロと近付いて、水道水でうがいをし、顔を洗っている。清二は浩子の姿を見ながらバケツの中に指先を浸し、自分の口に持っていって吸うようにして舐め、苦い顔になった。浩子が「ああっ」と声を出して大きな息を吐いた。清二はバケツの口に閉じたレジ袋を被せ、周囲を荷造り紐で縛って玄関に持っていき、三和土《たたき》に置いた、そして居間に戻ってきて浩子に声を掛けた。

「兄貴が一番まともだ」

浩子はティッシュで顔を拭いながら言った。

「そのお土産、飲むの？」

「半分だけ飲んで、あとの半分は体に塗る」

「効くの？」

「さあね」

「あなた馬鹿じゃないの？」

「義姉さんこそ馬鹿だろ」

「帰れよ」

「言われなくても帰るよゲロ女」

ここまで書いて筆を置き、私はいつものように頭を抱え込んだ。浩子も清二もこんなものではない筈だ。何よりこれは、小説になっていない。

又しくじった。

畜生め。

宇宙温泉

一

向坂夫人は不快な腹痛で目が覚めた。

上体をむっくり起こし、痛む膝と腰を庇《かば》いながら立ち上がると、テーブルや壁を伝ってトイレに行った。便秘が続いていたが、その朝は出そうな気がした。便座に腰を下ろし、目を瞑《つむ》って精神を統一する。痔疾もあるため、強くいきむ事は出来ない。そんな事をすれば、疣痔《いぼじ》が外に飛び出してしまう。自然に降りてくるのを待ち、ここぞというポイントで腹圧を少しだけ加え、無理なく圧し出してやらねばならない。湿った音と共に、連続して屁が出た。悪くない。

二十分ほどかけて、粘性の強い小さな物を数個排泄する事が出来た。これで、一日の半分以上の仕事を終えた気がした。腹痛が治まると、彼女はトイレの中でキョロキョロした。十センチほど空かした小窓を見上げたが、特に意味のある音は聞こえない。隣家の若島のところに、昨日現れたゴリラのような男は一体誰だったのだろうかと考える。とても若島の主人の身内とは思えない特異な風貌の男だった。若島の奥さんは、年の割に妙な色気を漂わせている。男絡みで、何かややこしいことになっているのかも知れない。そもそも若島の主人は最近余り家にいないようだ。しかし時々家の中から野太い声がしていたり、窓に男の影が映っていたりして、間違いなく男出入りはある。ひょっとするとあのゴリラが通っているのだろうか。一体何者なのか。病気かも知れない。容貌があのように変化してしまう病気ならば、最大限の警戒を要する。向坂夫人は首を竦めた。

風呂場で尻穴を洗い、御飯、味噌汁、沢庵、梅干で朝食を済ませる。水をコップに三杯飲んで、玄米茶を啜りながらぼんやりした。ラジオの天気予報は、間もなく入梅するだろうと告げていた。いつもと同じで、ろくなニュースがない。アナウンサーの言葉は、どこか遠くの知らない国の言葉のように聞こえた。こんなラジオ放送は理解に苦しむ。選局の余地は余りない。どれも、いつ果てるとも知れないバロック音楽やジャズを流すばかりでまるで内容がなかった。たまに出演者が何か話していても、笑い声ばかりが耳につき、何を話題にしているのか上手く理解出来ない。テレビも、サスペンスドラマの再放送や古いバラエティー番組がだらしなく流れているだけで、新しい要素が殆んどない。意味のない情報だけが与えられている気がする。

向坂夫人は溜息を吐き、自分の顔を撫で回した。彼女には、自分の掌の匂いを嗅ぐ癖がある。そうやって自分の存在を確かめながら、何事かを思案する。思案は大概、どこにも行き着かない。亡き夫が残した「金を惜しんで脳を惜しまず」という言葉が、今の彼女の座右の銘だった。

六十二歳で独り暮らしをしているような女は、例外なく倹約家である。或る日彼女は、せっかく脳を働かせても考えた尻から次々に忘れ、思索内容がものの半日ですっかり記憶から消えてしまうのが如何にも勿体《もったい》無いと気付いた。そこで、チラシの裏や反故紙に思索の痕跡を書き記し、日付を付して箱の中に溜める事にした。書いた物が或る程度の分量になると、紐で綴じて冊子にした。そういう、紙の大きさもまちまちな無様な冊子は八冊に達している。彼女はそれらを時々読み返し、とんと意味の分からない文章に一人で笑ったりしていた。

腹が充たされて、眠気が訪れた。少し体を横たえてみようか、と居間に敷きっ放しの布団に目を遣る。しかしぐっすり眠り込まないようにしなければ、又夜に眠れなくなってしまう。眠れない夜は辛い。昼間は昼間でギラギラしていて不気味だが、眠れない夜には、何かが正体を現そうと家の壁を圧迫してくる気配にじっと耐え続けなければならない。心臓を鷲摑みにされる事があるのは、決まってそういう夜だった。

向坂夫人は突然椅子の上に右足を載せ、踵の内側の柔らかい部分を掻き毟り始めた。そこにはオレンジ色の発疹が広がっていて、突発的に痒くなる。足の裏にもポツポツがあり、左右の足に同じように出来ている。水虫だった。他に糖尿病の症状として、体全体の皮膚が乾燥して痒い事や、ピリピリとした手足の痺れなどがあった。疲れやすく、一日中体がだるい。糖分を控えているためにに時々低血糖に陥り、腰砕けになって坐り込んでしまう事もあった。そういう時は、飴を舐めた。膝や腰の神経痛も症状の一つである。体調が悪い日には医者に行こうと考えるものの、考えるだけでもう長いこと行っていない。彼女は病人が集う待合室を恐れていた。感染性の病気の患者がいるかも知れず、どんな菌を貰うか知れたものではない。そもそも、病気を治してまで長生きする理由が見当たらなかった。

寝入りばなに度々不整脈が起こり、暗闇の中で不規則な脈拍を測りながら自分の末路を想像したりする時、彼女はつらつらと夫の事を思い出した。

夫は七年前に肺癌で死んだ。五十八歳だった。四十年以上、一日三十本の煙草を吸っていた。肺癌と分かってからも、隠れて吸っている現場を何度か押さえた。向坂夫人は批難したが、夫は自分の人生を煙草の脂で染め上げる事に何故か異常に執着した。彼女には夫が分からなかった。自分の肺の中で溺れ死んでいく夫の悶絶の表情を見ているのは、辛かった。何か言葉を待ったが、最期の言葉は「こおり」だった。氷の欠片を唇に宛がうと、ビクッと瞼が震え、臭い息を長々と吐いて息絶えた。向坂夫人は病室に充満した腐臭を嗅ぎ、漸くこの臭いから逃れられる、と思った。お棺の中に、夫の命を奪ったセブンスターをワンカートン入れて「たんとお吸い」と声を掛けると涙が出た。今年三十八歳になる娘は、遠くに嫁いでいる。余り関係が良いとは言えず、殆ど連絡はない。こちらとは随分と環境が違い、あっちはあっちで何かと大変なのだろう、と思う。

いつの間にか、テーブルに突っ伏して寝ていた。目を覚まし、カーディガンの袖の模様がくっきりと刻まれた額を撫でた。時計は午前八時半だった。二十分ほど眠っていたらしい。背筋を伸ばしているとゲップが出て、味噌汁の味がした。首を回し、テーブルに手を突いて立ち上がる。

流しに立って水を一杯飲み、細い水で食器を洗った。

再び椅子に腰を下ろしてテーブルに頬杖を突くと、疲れがどっと出た。一日はまだ始まったばかりだというのに、もうやるべき事が何一つない気がした。家事全般、どうしても今日しなければならないという理由を持ったものは何もない。掃除も洗濯も草抜きも、明日でも明後日でもよいし、何なら一週間何もしなくても特に困るわけではない。家事というのは半分以上が主婦の個人的な拘りに過ぎないと思う。独り暮らしであれば余計に、一旦躓《つまず》いてしまうと家事ほどどうでもよくなってしまうものはなかった。

向坂夫人はトレイの中から紙を一枚引き抜き、ボールペンを握ってペン先を紙に当てた。そしてつらつらと、やや大き目の文字を連ね始めた。最近はこのように、書きながら考える事が多い。一種のイメージ連想であって論理的な思索とは程遠い、中学生の書く詩のようなものであった。

「海の中を、泳ぐ亀。平べったい亀。円盤のような亀が、海の底に向かって、ななめにかたむきながら落ちて行く。落ちながら、回転する。プロペラのように」

「このままどこに行くのか。何か起こるのか、それとも起こらないのか。何が必要で、何をしなければならないのか、まるで分からない。ただ生きていくだけ。生きていれば、見えてくるものもあるかも知れない。それを自分が見たいのかどうかも分からないが、死ぬことは、いつでもできる」

「動けるうちに、移動できるうちに、そうすること」

「家の中と外で、菌や浮遊物質の数は変わらない。マスクは役に立たない」

どういうわけか、文字を書いていると決まって少し元気が出てくる。陽光を浴びて白く光っている磨りガラスの窓を眺め、今日一日雨が降らないと言っていたラジオの天気予報を思い出した。向坂夫人は首を回した。首の中で藁の束を引き絞るような音がする。相変わらず肩凝りが酷く、運動が必要だった。

彼女はお結びを三つ作った。梅干と鰹節と昆布である。ナップサックに詰め、更に玄米茶と水のペットボトル、紙、筆記用具、文庫本、財布、タオル、新しい下着等を入れる。準備が整ってしまうと、ふと躊躇《ためら》う気持ちが湧いた。犬峰温泉に行ったのはもう随分昔の事である。今はどうなっているのだろうか。もし廃業していたりしたら、山の中に一人取り残されてしまうのではないかと不安になった。

それでもナップサックを背負い、ズック靴を履いて玄関の外に出ると空は見事に晴れ渡っている。自転車のサドルに跨《またが》って背筋を伸ばす。もし少しでも危険を感じたら、その時点で引き返せばよいと思い定めてペダルを踏み込む。自転車が滑り出すと、不安は嘘のように薄れた。チラッと見た隣家は、ひっそりと静まり返っている。隣の家には隣の家なりの現実があり、自分は自分だと思った。こんな所に燻《くすぶ》っていないで、今日という一日を自分の力で有意義なものにするのだ。いつになく、そんな事が出来そうな気がした。

二

向坂夫人の自転車は、国道を横切って東に向かっていた。人が小走りする程度のゆっくりとしたペースで、周囲の景色を舐めるように見回しながら彼女はペダルを漕いだ。気温が上昇していくのを肌で感じる。天気予報は最高気温が二十七度になると言っていた。山に入ると一、二度低いかも知れない。カーディガンは前籠に入れてある。行く手の蒼い山並みが建物の間に見え隠れし、それはかなり遠い気がした。しかし嘗《かつ》て夫と一緒に自転車で二度ほど行った時は片道二時間ほどだったから、今の足でも辿り着けない筈はないと思った。あの頃の若さと健康は失われていても。

いつも行くスーパー「ソ・ロットリマ」を横目に見ながら通り過ぎる。日常から離れていく気持ちが爽快だった。いつものように家の中にいたならば、恐らく今頃は腰や膝に痛みを感じ、体を掻きながら鬱々としていたに違いない。しかし今は不思議と体のどこにも不調を感じず、膝も少しも痛まない。精神の解放がこの健康を齎すのだとすれば、何日も家の中に引き籠もって徒《いたずら》に神経痛を託《かこ》っていた自分が馬鹿みたいに思えた。これからは週に二度三度こうやって外に出る事だ、と彼女は心に決めた。このままどこまでも走っていけそうな気がする。人間は体を動かさなければ、自分自身の病み付かれた精神の中で窒息してしまうのだ。そんな事すら分からなくなっていた自分に呆《あき》れ、笑みを浮かべながら彼女は力強くペダルを踏み込んだ。

線路をU字に潜る地下道に入ると、彼女は急勾配の下り坂をブレーキを殆ど掛けずに加速するに任せ、その惰性で上り坂を上がり切った。普段ならば慎重になって、自転車を降りて押していたに違いないところを、そうしなかった自分に驚きつつスピードに身を委ね、風の音を聴きながら疾走すると、ふと若かった頃の自分を思い出した。自転車で高校に通っていた頃の感覚の、それは忠実な再現だった。半世紀近く前の自分が今の自分に向かってウインクしたような、どこか面映ゆい、そして嬉しい気持ちが湧き上がってきた。家を出て半時間も経たない内に早くも古い皮が一枚剝がれた気がして、山並みを眺めながら「私も意外と満更でもないわ」と呟いた。すると「何を言ってるんだ」という夫の声を、本当に久し振りに聞いた。

一時間ほど走ったところで、ペットボトルの水を飲む。山が随分近くなり、高速道路の高架が見えていた。あの高架下から半時間ほどのところに、犬峰温泉はある。

「源泉だ」と夫は言った。

「長生きの湯だ」

五十八歳で死んだのだから、その効能は全く当てにならない。しかし、トロリとして肌に気持ちよく、湯冷めしない良質の湯ではあった。十五年ぶりぐらいになるだろうか。あの頃は、こんな世が訪れるなどとは想像もしなかった。いつまでも、平凡な暮らしが続いていく事を、何の根拠もなく信じていた。その平凡な暮らしは一旦大きく破壊され、新しい平凡さが取って代わった。彼女は空を見上げた。高い鉄塔の天辺付近を、黒い機体の円盤が飛行している。人間というものは、どんな状況にも慣れてしまうのである。最初に円盤を見た時は驚いたが、今ではそれは平凡な暮らしの一部に取り込まれ、見慣れた光景となって何の感慨も惹き起こさなかった。円盤は日夜勤勉に飛行しながら、この世界を計測し、記録している。ただそれだけの事である。

彼女は中学生の時にも一度、空飛ぶ円盤を見た事があった。それはもっと遥かに大きく、速く、静かだった。学校の帰り道に坂道の行く手を見上げると、遠くの空にそれは浮いていた。ずっと遠くにあるにも拘わらずドラ焼きほどの大きさに見え、薄いピンク色で、少し傾いで微かに揺れていた。暫く見ていると不安になり、彼女は電話ボックスの陰に身を隠したが、その瞬間に円盤と目が合った。円盤はピクッと反応し、次の瞬間真横に素早く平行移動したかと思うと、突風に煽《あお》られたかのように仰《の》け反り、そのまま後ろ向きに回転しながら音もなく遠ざかっていった。見る間に小さくなって雲に溶け込んで消えてしまったその円盤は本物だったと、今でも彼女は確信している。しかしこの街の上空に出現する円盤はオモチャのように小さく、複数のプロペラによって飛行する偽物だった。それは人間の作った物で、恐らく安全な場所から遠隔操作されている。高圧電線の鉄塔から離れたその円盤はグッと高度を落とし、西の方角に向かって移動していった。搭載しているであろうカメラに見付からないに越した事はないと、「モルモットじゃないんだから」と呟いて首を竦めると「その通り」と夫が言った。

少しずつ、上りの勾配がきつくなり、町並みも田舎っぽくなっていく。下ろしたシャッターがすっかり錆び付いてしまっている店もあれば、店頭でメロンやリンゴを腐らせているフルーツショップもあった。前を過ぎると蠅が一斉に飛び立ち、刺激臭が漂った。頭上に動く物の気配がして、見上げると切れた電線がぶら下がって微風に揺れている。瓦屋根が陥没した廃屋があり、崩れた壁から中を覗くと女性と目が合ったのでギョッとした。それはビールのポスターで、その建物は居酒屋の成れの果てだった。この店の主人は、最も早く避難した部類だろう。他方、フルーツショップの主人は恐らく最近までここにいたに違いない。どこからか果物を仕入れ、売っていたのだ。そして数日前にいなくなった。何か、そのように決断させるような出来事があったのだろうか。それとも病状の変化か？　病気だったとすれば、どんな病気だったのか。

向坂夫人は周囲に目を配りながら、一定のスピードを保って走った。もし路地から誰かが出てきて彼女を捕らえようと駆け寄ってきても、加速すれば何とか逃げ切れるだけの速度を維持しておきたかった。上り坂であり、少しずつ膝に負担が掛かっていく。全身に疲労も蓄積してきた。だが、止まる事は恐ろしい。この一帯には人が少な過ぎる、と思った。家を出て以後彼女は誰一人目にしていなかったが、こちらからは見えなくても自分を見ている視線を今は痛いほど感じる。息を殺して、建物の中から余所者《よそもの》である彼女を見ている人々がいるに違いなかった。彼らは、ひょっとすると彼女のようには自由に動けないのかも知れない。であれば、嫉妬から彼女に向かって石礫《いしつぶて》や矢を射ってこないとも限らない。自分の住んでいる地域を少しでも離れると環境条件は著しく異なり、そこでどんな事態が生じているのか予測が付かなかった。彼女は家を出てきた事を後悔し始めていた。山はまだあんなにも遠い。

見通しのいい交差点に差し掛かった時、向坂夫人は自転車を降りてスタンドを立てた。ペットボトルのお茶を飲んで飴を口に含み、いつもの痛みを感じ始めた腰と膝関節を撫で擦る。靴の中で水虫が疼き、アスファルトの上に靴底を叩き付けた。

風が運んできた草の香を嗅いだ拍子にふと見ると、いつの間にそこにいたのかすぐ傍に小学生らしき女の子が立っている。女の子は私服を着ていて、ランドセルは背負っていない。今日は平日で、時間は午前十時過ぎである。学校はどうしたのかと一瞬思い、いや、学校など機能していないのだと思い直す。学校どころか、会社も役所も警察も映画館も全て正常に働いていないのだ。尤も本当は何がどうなっているのか、別の地域の事はさっぱり分からなかった。

「ここの人達も、お買い物は『ソ・ロットリマ』に行くの？」と彼女は女の子に訊いた。

女の子は彼女の顔を見ながら、首を横に振った。

「じゃあ、どこにお買い物に行くの？」

「ろっとりまあ」と女の子が答えた。それは「ソ・ロットリマ」の事だろうと向坂夫人は思った。

「ここの人達は皆、家にいるの？」

そんな事を訊いても答えられる筈がないと思ったが、意外にも女の子ははっきりと「いる」と言った。

「家の中で何をしているの？」

「皆、お前を見てる」と、女の子の声が急に野太くなる。

「何ですって？」

「お前を見てるんだよ」

向坂夫人は女の子を睨み付けた。すると突然、女の子の顔がボンッと音を立てて飛び散った。見ると、顔を失った女の子の鎖骨の上には髪の毛だけが載っていて、その状態で立ったままゆっくりと前後に揺れている。向坂夫人は仰天し、空に向かって「あなた、やめて！」と叫んだ。

三

犬峰温泉には数軒の温泉宿が集まっているが、全ての宿が源泉である「湯元館」からパイプで湯を引いている。「湯元館」は二階建ての小さな建物で、地元の人間しか知らない隠れ湯だった。向坂夫人は詳しい場所を忘れていて、何度も行ったり来たりした末に漸く辿り着いた時は正午近かった。駐車スペースには、見た事がある気のする車が停まっていた。階段を登って二階に行くと、昔のままの佇まいで畳敷きの休憩所があった。彼女は畳の上に腰を下ろし、リュックの中からお結びを卓袱台《ちゃぶだい》の上に転がした。鰹節のお結びから食べ始める。空きっ腹に滲みて、立て続けに三つとも食べてしまった。

入浴料金の七百円を支払い、階段を下りて貴重品ロッカーに財布を預けた。女湯の下足箱には、女物のスリッポンが一足置かれていた。先客が一人いるらしい。男湯には二足の靴が見えた。家族連れだろうか。脱衣所に入ると案の定、脱衣籠に衣服が入れてあった。磨りガラスの引き戸の向こうに、女の裸の影がある。向坂夫人はロッカーキーのゴムバンドを腕に巻き、服を脱ぎ始めた。脱衣所の鏡に自分の裸が映っていたが、見る気もしない。体重計に乗るのも嫌だった。元々彼女は、均整の取れた良いプロポーションをしていた。五十代になって急速に体の線が崩れ始めたのは、夫の周囲に女の影が見え隠れした頃と前後して見境なく甘い物を食べるようになったためだ。出っ張った腹の上に、垂れた乳房が犬の耳のように載っている。肌に艶はなく、乾燥していて血行が悪い。足裏を見ると、ペダルを踏み過ぎて赤くなっていた。水虫の斑点は判別出来なかったが痒みはあり、足拭きマットにギシギシと擦り付けると気絶するほど気持ちが良い。

引き戸を開けると、大きな窓からの陽の光をいっぱいに受けて、白い肌の大柄の女が顔にシャボンを立てていた。女はチラッとこちらを見たが、泡の下の表情は分からなかった。

「失礼しますよ」と向坂夫人が声を掛けると、女は小さく頷いたようだった。小さな椅子の上に載った尻は立派な張り出しで、健康的な太腿が光沢を放っている。桶で湯浴みをし、歯を食いしばって熱い湯船に胸まで浸かり、チェロのようなその女の背中を眺めた。女が浴びるシャワーの水滴の一粒一粒が、溶接の火花のように躍る。

女が濡れた髪を絞り、タオルで巻き上げてこちらを向いた。

「あら」と女が言った。

「まあ」

隣家の若島の奥さんだった。矢張りこんなに素晴らしい体を持っていたのかと、向坂夫人は納得した。三十代後半位に見える。男が放っておかない筈である。

「お連れさんと御一緒？」

「ええ。主人と。それに、義理の弟と」

「昨日、車でいらしてた人は義弟さんなの？」

「はい」

「旦那さんと似ていないわね」

「ええ」

「車でいらしたの？」

若島夫人が湯船に体を入れてきた。髪の毛から爪先に至るまで、隙のない美しさである。

「ええ」

「向坂さんはどうやっていらしたんですか？」

「自転車よ」

「わあ、凄いですね」

「運動の為よ」

「随分時間が掛かったんじゃないですか？」

「三時間ほどよ」

「そうですか」

「そうよ」

窓の外には、谷川を挟んで向かいの山が広がっている。円盤を使えば女湯も見放題であろうと、ふと思った途端、何か言いようのない恐怖に包まれた。若島夫人の横顔を見ると、仮面のようである。とても信用出来そうにない。

「あなた」

「はい？」と若島夫人がこちらを向いた。

「どうしてこの街に残ったの？」

「残ったって、それ、どういう意味ですか？」

「こんな街に、何故残ったの？」

「はい？」

「何か理由があるわね？」

「ただ暮らしているだけで、理由なんて別に」

「私を監視してるの？」

若島夫人が眉を顰めた。その顔には「何を意味不明の事を言ってるんです？」と書いてある。

「義弟さんは病気よね？」

若島夫人は返事をしない。

「あんたの義弟さんがあんなゴリラみたいな姿をしているのは、何かの病気に感染したせいよね？」

　こんなに熱い湯に浸かっているにも拘わらず、若島夫人の二の腕に鳥肌が立っているのを向坂夫人は見た。

「あんた、あのゴリラと出来てるわね」

　若島夫人は湯の中で自分の胸を抱えて、窓の外に体を向けた。

「ふん、否定しないのね！」

　向坂夫人は若島夫人の肩に手を掛け、「おいっ」と言った。若島夫人は振り返り、きつい目で睨み返してきた。向坂夫人はその目に向かって語り掛けた。

「もう私達は駄目なのよ。当然じゃないの。あんな事があったのよ。皆逃げて、残っているのは私達みたいな馬鹿な人間だけよ。私達はモルモットで、どうなるか四六時中観察されてるのよ。分かってるくせに、知らない振りをするんじゃないよあんた。体も精神ももうすっかり壊れておかしくなっているくせに、昔と同じ暮らしが今も続いている風を装って、病気の義弟さんと妙な事をして、あんたそれでも大人なの？　夢でも見てるの？　普通の浮気じゃないのよ。どうなってても知らないよ。あんたもゴリラになっていくかも知れないのよ。同じ湯に浸からないで欲しいわ。旦那さんが泣いてるわよ。天井を見てご覧なさい。大きな穴が開いてるでしょ。全部聞かれてるのよ。この後は延々と兄弟喧嘩ね。あんたもただじゃ済まないよ。そんなの、知った事じゃないけどね」

そして向坂夫人は、男湯に繋がる天井の壁の穴に向かって声を張り上げた。

「若島さん、奥さんはあんたの弟と出来てるってさ。でもそんな事は、この際どうでもいい事よ。それより私達の立場よ！　あなた、いつまでこんな汚染された街にいるつもり？　日に日に酷くなってるのよ。円盤も飛んでる。私は宇宙人も見たのよ。宇宙人にやられたんだ！　勝てる筈があるもんか！」

すると男湯から声がした。

「向坂の奥さん。あんたの旦那さんが言ってたぞ。『うちの細は上の口も下の口も我慢ならん』ってな！」

向坂夫人は驚いた顔で、慌てて首を振った。

「あの人がそんな事、口が裂けても言うもんですか！」

「浮気自慢もしてたよ！」

「嘘です」

「嘘なもんか！　旦那は今ここで、俺達と一緒に湯に浸かってるんだ」

向坂夫人は目をギョロギョロさせた。

「そうだよなあ、向坂の旦那」

「合点！」と夫の声がして、向坂夫人は「ゲゲッ」と唸り声を上げて仰け反った。その体を若島夫人が抱きかかえ、「気絶したわ！」と壁の穴に向けて言い放った。

「宇宙人だとよ！」と若島孝雄が言い、弟の清二がもう一度「合点」と言った。

気が付くと、向坂夫人は脱衣所の床に全裸のまま横たわっていた。股にタオルが掛けてある。脱衣所の小窓は開いていて、山の空気に体が冷えていた。彼女は体を起こし、ブルッと震えた。もう一度湯に浸かって温もろうと思ったが、そんな事をすれば心臓が止まってしまうような気がして止めた。服を着て、ペットボトルの水を飲んでから脱衣所を後にした。ロッカーから財布を取り出し、建物の外に出ると若島の弟の車はなくなっていた。

自転車を押して坂を上り、県道に出た。手に痺れを感じ、サドルに跨ると腰に痛みが走った。それでも帰りは下りばかりだから、何とかなりそうだった。

ブレーキを多用しながら、ゆっくりと坂道を下っていく。

頭の中に、色々な事が浮かんでは消えた。

さっきの遣り取りで、隣に住む若島夫婦とその弟という人種の本性が分かった気がした。十年前に今の一戸建てアパートに越してきて以来若島夫婦はずっと隣人であるが、挨拶程度の交流しかなく、良くも悪しくも今日のように本音で交わったのは初めてだった。彼らは決して悪い人間ではない、と彼女は思った。ただ、現実を直視するだけの強さを持たず、ありもしない普通の生活の幻想の中に逃げている点が問題であった。一定程度の精神障害は会話の中にも充分認められたし、恐らく身体的にも（特にあのゴリラに於いては）何らかの疾患を患っているに違いなかった。

可能性は低いと直観しはしたが、彼らが自分を観察し、克明な実験記録を付けている事も有り得ない事ではないと思った。その場合、彼らには当局の息が掛かっている事になる。いずれにしても、この先益々《ますます》油断がならない事は確かであった。それにしても夫を持ち出してくるとは、巧妙な手を使う。彼女は西の眼下に広がる海を見ながら呟いた。

「あんたに隙があるから、付け込まれたのよ」

しかしどこからも夫の返事はなく、若島の弟が言った「合点」の声だけが頭の中に反響した。「合点」は夫の口癖だったが、若島兄弟はどこでそれを知ったのだろうか。若島兄の言うように、実際に彼は夫と親しく喋った事があったのか。そして彼女はハッとしてブレーキを握り締めた。夫の浮気相手は、まさか若島夫人だったのではないでしょうね。

彼女は飛び下りた自転車をアスファルトに叩き付け、数歩走ってから仁王立ちしてキッと海を睨み付けた。午後の陽を受けて銀色に輝く凪いだ海原に夫の返事を探ったが、いくら息を殺してもそれらしい囁きは何一つ返ってこず、彼女はその場でズック靴と靴下を脱ぐと足裏をアスファルトに擦り付け、低い呻り声を上げながら白眼を剝いた。

チク

一

居間の絨毯《じゅうたん》に座り込んだ娘のレナが、泣き疲れて放心している。

レナの母である赤根直美《なおみ》はその横で、テレビを見ながらクッキーを食べていた。

安物のアソートクッキーの丸い缶には、三種類のクッキーしか入っていない。形は違うが、どれも同じ味で大して美味しくなかった。しかし直美は、儀式のように食べ続けた。これは大切な事よ、そう自分自身に言い聞かせながら。娘のお腹が鳴ると直美はわざと舌鼓を打ち、何杯目かの紅茶を啜った。柱時計は午後八時半で、レナにはまだ晩御飯を与えていない。

「糖分は脂肪となって体に蓄えられます」とテレビの中の医者が言った。三十八歳の直美の腹回りには、既に充分な贅肉が付いている。夕食後のクッキーはもう半分以下になっていて、確実に贅肉を増やすだろう。勿論彼女は肥りたくない。従って自分のしている事は一種の自己犠牲なのだ、と彼女は考えた。「オモシロ健康一一〇番」が九時に終わるまで、この硬直した空気を中断させるものは何もないと、レナは絶望しているに違いない。夫の和夫が帰宅するのも九時過ぎだ。少なくともあと半時間は何も起きない。即ち食べさせて貰えない、と観念して空腹に耐えている十歳の娘が彼女の背後で息を殺している。居間の卓袱台には、レナの夕食がそのまま置かれていた。野菜炒めとアボカドサラダとごはんと味噌汁。その全てが冷えていた。

「精液を飲むと健康にいいと聞いたんですが。先生、どうなんでしょう？」

「それは良くないですね」

「駄目ですか？」

「駄目ですね。栄養なんてないですから」

「高蛋白質じゃないんですか？」

「蛋白質なんて一パーセントほどですよ」

「え？　そうなんですか？」

こんな会話を小学四年生の娘に聞かせてもよいだろうか、と直美は思った。顔を僅かに右方向に向けると、視界の隅にレナの項垂れた頭が見える。ストレートの髪は微動だにしない。レナは自分に似て、頭の鉢が大きい。赤ん坊の時に仰向けに寝させてばかりいたから絶壁になってしまったと直美の母は彼女に言ったが、自分の娘に対しても同じ事をしてしまったのだろうか、と思う。確かに娘の頭を転がしたりした記憶は、余りない。母の言った事は本当だろうかという疑問を、無意識に確かめたかったのかも知れない。母の後頭部は突き出している。物心付いて自分が絶壁だと気付いた時、彼女は母を恨んだ。いつかレナも自分を恨む事だろう。

「そもそも精液って何なんですか？」

「精子と精漿です」

「せいしょうって一体何ですか？」

「精嚢分泌液と前立腺液です」

「それには栄養がない、という事でしょうか？」

「まあ、そういう事ですね」

「私、お肌に良いって聞いてたから、夫のを我慢して時々飲んだりしてたんですけど」

「いひひひ」

「害ではないんですよね？」

「旦那さんの精子に感染症がなければ問題はないです」

「精液から感染する病気ってあるんですか？」

「それはありますよ。クラミジア、ヘルペス、ＨＩＶ、淋菌、コンジローマ……」

直美は反射的にテレビのリモコンスイッチを切った。

突然訪れる静寂。

耳と頭が、まだテレビの会話を追いかけるかのように空回りしている。

テレビがなければ夜とはこんなにも何もないのだ。

黒ずんだテレビのディスプレイに、身じろぎ一つしないレナが映っている。予想より早く状況が変わった事に、レナは内心期待を抱いたかも知れなかった。しかしテレビを消したのは、レナを赦《ゆる》すためではない。レナはもっと懲らしめられなければならない。それだけの事をしたのだから。

台所の冷蔵庫が武者震いし、暴走バイクのエンジン音が通り過ぎていった。

レナが微かに、頭を上下に動かしている。テレビが消えたのに母親の声がしない事で落ち着かないらしい。直美は、悟られないように少しずつ顔を上げようとしているディスプレイの中の娘を凝視しながら、缶の中のクッキーを一枚摘んだ。円と四角と「ぬ」の字の三種類、味は全てバター味。自分の指はどのクッキーを摘んだのか。もし四角だったらレナに声を掛けようと決め、見ると摘み上げたのは「ぬ」の字型だった。彼女はそれを口に入れ、舌で溶かしながらゆっくりと音のしないように食べた。もう満腹だった。娘の教育のために、しかし我慢して食べなければ。

四年二組でいじめがあった。

被害者は木崎ユリカという女の子で、先週末にチクに足を踏み入れたという噂が原因でいじめられた。具体的なレナの関与は、木崎ユリカがトイレに立った隙に、クラスの一部が結託して彼女を教室から閉め出した件である。二階の教室の窓からランドセルを投げ捨てたり、定規や傘でユリカの体を小突いたりした件には関わっていないとレナは主張し、担任からもそのように電話連絡を受けていた。

教室から一人を閉め出すには、残りの全員が教室の中にいなければならない。従ってこの件だけはクラス全員によるいじめであると判断され、最終的に臨時職員会議でも同じ結論が出たという。二週間掛けて、担任が順次家庭訪問に訪れるそうだ。直美はレナの担任の、ショウリョウバッタに似た女教師が好きではない。話をしていると、目に見えない触手でこちらの眉間を撫で回されているような気がして苛々してくる。バッタに何か言われる前に、家庭で充分に教育をしておこうと彼女は思った。勿論夕食をお預けにしたという事は黙っておかなければならない。体罰だとかネグレクトだとか、うるさいからだ。しかし何と言われてようと、食事を抜くのが最も効果的なお仕置きである事は疑いない。自分も母親にそうされて育ってきたから体で知っている。これが向坂家の教育方針であり、自分はそれを引き継いでいるという事だ。

直美はそっとゲップをした。

担任のショウリョウバッタから電話があり、外に遊びに行っていたレナを電話で家に呼び戻したのが午後四時過ぎ。それから約四時間半の間、レナはずっと居間のこの同じ場所にいる。一度だけトイレに行かせた。台所で夕飯の準備をしながら説教し、午後七時に居間のテレビを点けた。ニュースを見ながら、直美だけが夕食を食べた。いじめによる自殺児童の問題が、ニュースで流れた。

「これを見なさい」と直美は娘に言った。しかしレナは頷くだけで、顔を上げなかった。

「もしユリカちゃんが自殺したら、あなたはどう責任を取るつもりなの？」

項垂れたレナの後頭部は広く、湯呑が五つは載るだろうと思いながら自分の後頭部を撫でると矢張り扁平でだだっ広く、それはお盆のようで、何故か猛然と腹が立った。

「そんな子に育てた覚えはないからね！」

直美は膝立ちのままレナににじり寄り、平手を振り上げるとその平らな後頭部に振り下ろした。思った以上に大きな音がして、レナは咄嗟に絨毯の上に両手を突き、頭を上下に盛んにブラブラさせた。「張子の虎か！」と直美は怒鳴った。

それから彼女は卓袱台の定位置に戻り、急いでスマートフォンを操作して「張子の虎」を調べた。「外見だけ強そうでも実は弱い人間」とあった。

「外見だけ強そうでも実は弱い人間を、お母さんは嫌いだからね。そんな人間になっちゃ駄目なのよレナ。みんなで束になって一人のクラスメイトをいじめるなんて、心の弱い人間のする事でしょ？　そうでしょうレナ？」

レナは一層盛んに頭を振った。頭の大きさに比べて首が細過ぎる、と直美は思った。客観的に見ると、自分もこんな風に見えているのだろうかと不安になる。例えば、今はもう絶対にしないけれども、嘗てベッドに腰掛けた和夫の一物を口に銜えて頭を揺らしていた時、和夫の目に映った自分の姿はまさかこんな張子の虎だったのではないだろうな。

「首を揺らすのを止めなさい！」と直美は怒鳴った。そして自分の空の食器を運び去って台所のシンクで洗い、居間に戻った。

「お母さんはあなたに、強くなって欲しいのよポリポリ。弱い人達の味方になって、可哀想な人達を守ってあげられるようなそんな強い人間になって欲しいのよゴックン。お母さんはあなたに失望しました。もっと強い子だと思っていたのに、とんだ張子の虎だったってわけよ、あなたって子は！　え？　プッ」直美は思わず口を押さえた。振り向くと、娘が尻を持ち上げて四つん這いになり、頭を上下左右に激しく動かしている。

「何をしてるの？」

するとレナが口を開いた。

「強いトラになります」と言う。

直美は「ずっとそうしてなさい」と言い、テレビに向き直ってクッキーを食べ、冷えた紅茶を音を立てて啜った。

二

和夫が帰宅した時、彼は居間の卓袱台で一人夕飯を食べている娘と、絨毯に身を横たえてお腹をさすっている妻とを見て、「何をしてるんだ？」と二人に向かって訊いた。レナは一瞬顔を上げたがすぐに野菜炒めに向かって突っ伏し、直美は横になったまま首だけ捻って彼を見遣り「お帰りなさい。夕飯は済ませてきたんでしょう？」と言った。

「ああ」

「レナはたった今、晩御飯なのよ」

「もう九時半だぞ」

「ずっと反省していたのよこの子は」

「反省って、何を？」

「レナ、自分でお父さんに説明しなさい」

レナは下を向いたまま、口の中で舌の上のキャベツを上顎に擦り付けていた。

「しっかり反省出来たのなら、自分で何が悪かったのか、これからどうすべきなのか、お父さんにちゃんと自分の言葉で説明出来る筈よレナ」

和夫はすかさず「先に風呂に入りたいんだが」と言った。彼は軽く酔っていた。しかも自分の体から漂っているかも知れない甘い匂いに、一抹の不安があった。

「お風呂は沸いてないわ」

「沸かすよ」

「レナは十時には寝るのよ」

「じゃあシャワーで済ませるから」

するとレナが父親を引き止めるかのように咄嗟に口を開いて「ユリカちゃんを教室に入れなかった」と言った。

和夫は娘の、母親にそっくりの大きな頭を見下ろした。

「よし、その話は十五分後に聞いてあげるから、レナはその間に御飯を食べちゃいなさい」

「ユリカちゃんは『入れて』と言ったんだけど、感染《うつ》るって言って、みんなでドアを開けなかった」

「あなた、ちゃんと聞いてあげて」

お前だって寝っ転がってるじゃないかと和夫は心の中で毒づいたが、レナが口の中の物を飲み込んだのを見て、娘の説明はすぐに終わると踏んでレナの横にどっかと胡坐をかいた。

「ユリカちゃんはクラスの子だね」

「ユリカちゃんはチクに行ったの」

「レナ」

「チクに行ったから感染るって」

「レナ」

「だから教室に入れちゃ駄目だって」

「レナ！」

和夫は娘の両肩に手を置き、グッと顔を近付けた。

「いいかレナ。チクなんてないんだ」

「くっさ！」とレナが顔を仰け反らせた。

「あ、御免。ちょっとお父さん、お付き合いでお酒を飲んだから」

「あなた」と、意外な近さで直美の声がしたので驚いて振り向くと直美がすぐ後ろに正座していて、顔を突き出しながら「そういう事じゃないでしょ」と言った。和夫は妻が自分の匂いを嗅ぐ可能性を恐れ、レナと直美の双方から離れた位置に座り直した。三人はそれぞれを頂点にして正三角形を作った。レナがこちらに背中を向ける恰好になったが、幸いに娘は体を捻って父親の方を見ている。

「レナ、何が一番悪かったのか、言ってご覧なさい」

母親に言われ、レナは「じつは弱い人間だったこと」と答えた。

「そうね」と直美は言った。和夫は「じつは」の部分に不自然なものを感じたが、黙っていた。

「それじゃあ、これからどうしたらいいの？」

「強いトラになります」とレナは即答し、頭を大きく上下に振った。

「頭は振らなくていいのよ」と言いながら直美が娘の頭の上に手を置こうとした時、レナは首を竦めて母の手を避けた。娘の顔に一瞬恐怖が過ぎったのと、直美が何かを笑って誤魔化したのを和夫は同時に見て取ったが、とにかく今はシャワーを浴びる事が先決だと思った。

「良く出来たぞレナ」と彼は言い、さっきまで職場の後輩の谷川麻美《あさみ》の頭を撫でていたように、娘の頭を撫で回した。母娘揃ってよく似た頭であるが、自分はこの頭を愛していると感じた。この家庭を壊すべきではない。

とにかくシャワーの湯で洗い流さなければ。

今夜は別れ際に谷川麻美と首筋を絡め合った。彼女の香水が自分の首にも付着しているに違いない。その匂いは以前にも直美に嗅がれている。「あなた、何か甘い匂いがするわよ」と言われた事が二度ほどあった。谷川麻美と関係するようになってから二年半、付き合うほどに体が合う。しかし家庭を犠牲にするほどの女ではない。何とかこのまま、あと数年、愉しめればそれでいい。

「レナ、もう御飯はおしまいになさい」と直美が言った。

「そうだな。半分ぐらいは食べたみたいだし、もうそろそろ寝る時間だからな」

レナは一つだけコクンと頷いてから、小さな声で「クッキ」と言った。その一言を直美も和夫も揃って無視した。和夫はレナの脇腹に両手を挿し込み、「よし、歯磨きだ。おいで！」と言って抱き上げた。直美が笑っている。いいぞ、と彼は思った。このまま洗面所に行ってシャワーへ直行だ。直美が卓袱台の上を片付け始めている。その時、腕の中のレナが大きな声で嬉しそうに言い放った。

「なんか、いいにおい……痛っ！」

和夫は娘の細い体を愛情を込めて抱き締めた。


レナは二階のベッドに仰向けになり、天井の豆球の灯りを眺めた。瞼の微妙な動きに合わせて豆球から橙色の光の脚が何本も出てきて、伸びたり縮んだりするのが面白い。しかし自分の瞼の動き次第で動かせる光ならば、この光はひょっとして本物の光ではないのではあるまいか、と彼女は疑った。本物の光ならばそれ自体で固有の存在の仕方を持つ筈で、それが自分の意のままになるのは不自然な気がした。勿論レナはこんな疑問を言葉に出来ない。しかし言葉に出来ないからこそ、彼女の興味は尽きなかった。

分からない事は沢山あった。

母が食べたくもないクッキーを無理矢理食べていたのは自分への当て付けだと理解出来たが、食事の後にクッキーを与えられなかったのは解せなかった。あのクッキーは美味しくないが、一枚ぐらい呉れてもよかったのではないだろうか。

父の首から匂っていた香りを「いいにおい」と口にした途端、痛いほど体を締め付けられた事も何だかよく分からない。それは父の愛情表現だったかも知れないが、力ずくで黙らせられた気がして酷く悲しくなった。卓袱台の食器を片付けていた母の憂い顔も気になった。母はさっと視線を逸らし、彼女と目を合わせるのを避けた。「おやすみレナ」の一言もなく、ただ野菜炒めの皿に残飯を移していた。

彼女の頭はゴロゴロしないので、一旦仰向くといつまでも仰向いていられた。

父は「チクなんてないんだ」と言った。

しかし学校では、みんなチクの事を知っている。チクは黴菌《ばいきん》だらけの場所で、立ち入り禁止だ。本物のチクは遠くにある。しかしチクには沢山の飛び地があって、それはこの街の外れにも存在する。ユリカちゃんがどのチクに行ったのか知らないが、彼女は自分からチクに行ったとみんなに言った。もしそうなら黴菌が感染っているかも知れないから、彼女を教室から閉め出したのは合理的な判断だった。午後の授業のチャイムが鳴ったのでみんな席に着き、ユリカちゃんは先生と一緒に教室に入ってきた。先生は異変に気付き、幾つかの質問をした。誰かが「木崎さんはチクに行きました」と白状したので、午後の授業は自習に切り替わり、数人ずつが呼ばれては別室で事情聴取が始まった。

父と同じように、先生達も揃って「チクなんて存在しない」と繰り返した。確かにチクなんて誰も見た事がなかった。ユリカちゃんが本当はチクに行っていない事も、みんな分かっていた。彼女は馬鹿なので嘘を吐いていじめられる事と引き換えに目立つ事を選び、みんなはそれに協力しただけである。勇気ある男子数名が、先生の目を盗んでユリカちゃんのランドセルを窓から投げ捨てたり小突いたりして事態を一層悪化させたのは、事情聴取が五時間目で終わってしまいそうだったからだ。みんなの真の目的は、六時間目の理科の授業を潰す事にあった。理科の授業だけ、担任ではなく口の臭い老人が教えに来る事になっていて、みんなこの老人が大嫌いだった。チクの事なんて本当はどうでも良かったのだ。豆球から伸びる光の脚のように、そんなものは本当はみんなの頭の中にしか存在しない幻なのかも知れないとレナは思い、瞼を閉じた。

遅い時間に食べたからか、何だかお腹が苦しい。こんな目に遭うぐらいなら、理科の授業の方がよっぽどましだったな、と彼女は思った。

三

その次の日、木崎ユリカは学校を休んだ。担任教師はいじめによる精神的ダメージが原因だと説明し、クラス全員が俯《うつむ》いたが、しかし実際は誰もそんな話は信じていなかった。ユリカは自分の計算通りにいじめられ、狙った通りに学校をサボっているに違いないと誰もが考えた。

しかし木崎ユリカが学校に姿を見せなくなって一週間が過ぎると、彼女は矢張り感染したのではないかという噂が立ち始めた。

担任の池上徳子がレナの家の家庭訪問に来たのは、丁度その頃だった。

「どうぞ、お上がり下さい」と直美はショウリョウバッタを招き入れた。レースのカーテンを透かして午後の陽が射し込む明るい居間へと、バッタを案内する。卓袱台の上にはクッキーの入った木皿が一つと、空のカップが二つ置いてある。

「今、お紅茶を淹れますので」

「お母さん、どうぞお構いなく」

レナは二階の自室で控えている。「呼んだら下りて来なさい」と言い含めてあった。

直美が紅茶のポットを持って台所から戻って来た時、バッタは見えない触手を使ってクッキーを調べていた。確かに黴でも生えているかもね、と直美は思った。バッタとL字に向き合い、二つのカップに紅茶を注ぐ。

「どうぞ、お召し上がりになって下さい」

「どうも」

バッタは申し訳程度にカップに唇を付けてソーサーの上に戻すと、喋り始めた。

「お母さんも御存じのように、私達の学校は、いじめの撲滅を教育の基本理念の一つとして高らかに謳い上げておりますでしょう。ですから今回のような件については、断固たる態度で臨むという方針で、きっちりと、ぶれない姿勢を保って、徹底的に指導させて頂いておりますのです。はい。レナさんの関与は少ないです。それは分かっています。調べがついている。そこはいい。しかしですねお母さん。私達は、消極的ないじめ、即ちいじめているクラスメイトに対して積極的に制止しない傍観者的な児童の存在が、いじめられている当の被害者にとって如何に大きな脅威であるかという事について、特に親御さんに改めて知って頂きたいと願っているのです。分かっていますお母さん。何も言わなくとも。レナさんの関与の度合いは少ない。それはいい。調べはすっかりついている。ついている。もっと酷い事をしたクラスメイトが存在しますね。はい。実際に存在しますです。しかし肝心な事は、少ない関与も多い関与も、関与は関与であるという事をしっかり認識しないといかんよ、という事なのです」

直美は頭を上下させながら、ショウリョウバッタの触手を抜き、顔の真ん中に爪を立て、恰《あたか》も蜜柑《みかん》の皮を剝くようにしてこの醜い昆虫の頭部を完全に裏返しにする事を熱心に想像していた。

そして「何か臭くね？　こいつ臭くね？」と心の中で何十回も繰り返し呟いていた。従ってバッタが一頻り喋り終え、覗き見るようにこちらの反応を見ている事に気付いた時、目の前にいるのが本物の巨大ショウリョウバッタに見えて反射的に「わっ」と声を上げそうになった。するとバッタはくっと顎を引いて両目を剝き、「何です？」と言った。

「そうです」と咄嗟に直美は応じた。

「あ、そうです。そうなんですよお母さん」

「はい」

「そうなんです」

「そうなんですか。ではクッキーでもお一つ」

「ほほっ。ではでは」

何かに満足したらしいバッタがクッキーを摘んで口に入れて咀嚼するのを、直美は紅茶を啜りながら眺めた。鼻から息を吹き出しながら賞味期限の切れた湿気たクッキーを嚥下している最中のバッタに向かって、直美は訊いた。

「ユリカさんはお元気でらっしゃいますの？」

「はひ」

「もう登校してらっしゃるんですか？」

「ひへひへ」と顔の前で手を振りながらバッタは紅茶を飲み干し、息を継いだ。

「まだお休みしてるんですけれどもですね。大事を取って、という事ですね。恐らくは、はい」

四十五歳で独身だというこのバッタの体から漂ってくる匂いの正体は何だろう、と直美は考えた。樟脳《しょうのう》に似ているが、もう少し甘ったるい感じがする。

「子供達の間で、チクというものの存在が噂されております」とバッタが再び喋り出した。

「御承知のように、チクなどという場所はこの国の中のどこにも存在致しません。もしそのような場所が存在するとすればそれは公にされて然るべきですが、国、地方自治体はチクの存在そのものを否定し、公表すべき情報そのものが何一つないと一貫して主張し続けております。尤もな事では御座いませんかお母さん。恐ろしい伝染病に感染した人間達が隔離状態に置かれ、国家によって極秘裏に処理されていくような場所など子供じみた都市伝説に過ぎない事は明白ですわ。そんな大人にとっては余りにも当たり前の絵空事が、しかし子供達にとっては時として強烈なリアリテを帯びたリアリテとして(直美は首を傾げた)立ち上がってくる場合がございますので我々の想像以上に、これは危険な事態なのです。そんなチクなんぞって！」

これは御香の匂いだ、と直美は合点がいった。この女は独り暮らしのワンルームマンションか何かで、毎日安物の御香を焚いているのに違いない。それが恰も自分だけの特権的な豊かさであるかのように勘違いしながら、独り寝の寂しさを自分自身を燻製にする事で誤魔化しているスモークバッタなのだ。

「チクは本当に存在しないのでしょうか？」

直美が訊くと、バッタは驚いたように白目の黄ばんだ目玉をギョロギョロさせながら「勿論、存在しません」と言った。

「そうですわね」

「そうです」

「そうですか」

「勿論そうですよお母さん」

バッタが透明な触手を伸ばし、それが額に吸い付いてきて脳内を調べているのが分かった。特殊な器官を備え持っているのだ。こんな昆虫に教えられて、レナが良い方向へと育っていくとはとても思えない。

「失礼な事をお訊ねしますが、お母さんのお母さんはご健在ですか？」とバッタが訊いてきた。

「はい」

「そうですか」

「はい」

「それはそれは」

直美は「ちょっと失礼」と言い置いて席を立ち、階段を覗き込むように見上げた。階段の中ほどにレナが腰を下ろして、母親を見下ろしていた。

「来なさい」と直美は娘を手招きした。

「御挨拶して」とバッタの前に座らせる。

「こんにちは先生」

「こんにちは、レナさん。自分のした事が、分かっていますね？」

「はい」

「反省は、充分ですか？」

「はい」

「そうですか」

「はい、先生」

「それは良かったわ」


その夜のベッドの中、灯りを消した寝室で、隣のベッドの和夫に向かって直美は言った。

「あの女、御香の匂いがしたわ」

「そうかい」

「甘ったるい感じの」

「ふーん」

「あなた？」

「何だい？」

「職場の若い娘といい加減に手を切ったらどうなの？」

「……」

「知らないとでも思ってるの？」

「……」

「何とか言えよロクデナシ」

和夫は妻に背を向けて、こう言った。

「実の母親をチクに置き去りにして、娘に偉そうに説教するお前にそんな事を言われたくないね」

「チクなんてないってレナに言ったのはお前じゃないか」

「お前って言うな。お義母さんは糖尿病なんだろうが。よくも見殺しに」

「チクなんて」

直美も和夫に対して背を向けた。

「チクなんて、そんな子供じみた場所は存在しないのよ。そんな事、常識じゃないの」

「じゃあ、会いに行けよ」

「……」

「行けよ」

「行くわよ」

そしてうつ伏せになって枕に顔を押し付けながら、もう一度「行くわよ」と言った。

暫くして「僕も行くから」と和夫は言った。

長い沈黙の後、彼は暗闇の中の妻を振り向いて言った。

「女と別れる」

「……そう」

「ああ」

「そうして」

「分かった」

「本当に、そうして頂戴」

直美の嗚咽《おえつ》を聞きながら、「悪かった」と和夫は呟いた。

谷川麻美に断固香水を止めさせよう、と彼は決意した。香水さえ付けなければ、どうして情事がばれる事があろうか。スベスベの若い肌を思い出しただけで、彼は布団の中でギンギンに勃起した。一瞬本当に手を切ろうと思った事で、却って捨てるには惜しい逸材である事を再確認した恰好である。

そんな事より、と和夫は考えた。

糖尿病の義母の事など知った事ではなかったが、もし直美が本当に義母に会いに行くなどと言い出したら厄介な事になるに違いない。そもそも、どうやって立ち入り禁止区域に侵入出来るのか見当も付かなかった。存在しない筈のチクに取り残されている住人には押し並べて脳障害が見られ、その狂気は伝染すると言われている。皆知っている事だ。知っていて、積極的に忘れ去ろうとしている事柄である。全てを国に丸投げして、目を瞑って処理の済むのを待っている。伝染性だから仕方がない。国中が汚染されたらおしまいだ。従って、この約束は有耶無耶《うやむや》にするに限る、と彼は思った。

文脈

一

営業先の会社の建物から外に出ると、雨脚が強まっていた。

ズボンの裾が濡れるのを気にしながら喫茶「プネウマ」まで歩き、店内を覗く。約束の午後四時を過ぎていたが、谷川麻美の姿はまだなかった。会社の仕事を抜けられないのだろうと思い、赤根和夫は店の隅のいつものテーブルに腰を下ろしてコーヒーを注文し、お手拭きでズボンの裾を拭った。靴を脱ぐと、靴下の先まで濡れていた。

コーヒーを運んできたウェイトレスは、新しい娘らしかった。少なくとも見た事がない顔である。目の前に差し出されたカップソーサーを摘んだその娘の手に、和夫の視線は囚われた。指の皮膚との境目が分からないほどの甘皮の薄さと、薄桜色の爪。こんな綺麗な指は久し振りに見る、と思った。一見冷たい表情に見えた顔もよく見るとラブドールのように男好きして、露出したどの部分の肌も、まだ誰も手を付けた事のない新雪を思わせる肌理である。名札を留めた胸は量感に満ち、立ち去って行く後ろ姿は和夫好みのデカッ尻に程よい脹脛《ふくらはぎ》の膨らみ、そしてローヒールの踵からスッと伸びたアキレス腱の鋼のような強靭《きょうじん》さに、彼は思わず背広の内ポケットから取り出した手帳に「齋藤比奈《ひな》」と名札の名前を書き写した。世の中には美しい女が山のようにいるのだ。新聞と、店内を移動する齋藤比奈の姿を交互に見ながらコーヒーを啜っていると、客の男達もこっそり彼女の姿を目で追い回している事に気付いた。和夫は彼らを軽蔑した。しかし、自分と彼らの違いを考えても分からなかった。彼は仕事鞄の中からハイデガーの『存在と時間』の文庫本を取り出して開いた。三頁読んでも目は活字の上を横滑りするばかりで、何一つ頭に入ってこない。谷川麻美に会うまで、この本の存在すら知らなかった。「君は理解出来るのか？」と訊くと、谷川麻美は「ええ」と言った。

「では要約してくれ」

「駄目よ。自分の頭で味わわないと」

「読み方のヒントぐらい教えてくれよ」

「力まずに、文体に身を任せて酔う事よ」

或る時、女遊びの達人の同僚に「女とは何か？」と訊いた事がある。すると「教養だ」という答えが返ってきた。その時はピンとこなかったが、今では何となく分かる。どんな女でもその女なりの文化を持っているのだ。女と昵懇《じっこん》になると、肉体と共に、貴賤に拘わらずその女の持つ文化までも受け取る事になる。谷川麻美の場合は哲学と文学だった。和夫はその方面に暗かったが、まるで息をするように自然に影響を受けた。『存在と時間』を開くと、初めて一緒にこの本を眺めた時の彼女の匂いや声、皮下脂肪の柔らかさなどが決まって甦ってくる。そして気が付くと、彼女と同じ指使いで紙を撫で回している自分がいる。読んでいると、本の内容とは関係なく体の中に彼女の存在そのものが染み渡ってくる感じがするのである。これこそ「酔う」という事かも知れなかった。そして「教養」とは本来、同性異性を問わずこのような恋愛的感情のようなものを介してしか伝わらないものかも知れない、と思った。ハイデガーそのものではなく、彼女の存在を通過した谷川麻美的ハイデガーが入ってくるのだ。彼女はこの意味で彼の師であり、彼は彼女の弟子だった。本物の師弟関係によって受け渡されるものは、決して中性的な知識や技術ではなく、恐らく師の体温によって温められ、師の体臭を帯びた生理的とも言える生きた果物のような或る物なのだろう。

　彼は再び『存在と時間』に視線を落とした。

「ひとが楽しむとおりに、わたしたちは楽しみ興じて、ひとが鑑賞し批評したりするとおりに、わたしたちは文学や美術を読んだり観たり批評したりするのです」（ハイデガー『存在と時間〈上〉』桑木務訳、岩波文庫、二四二頁）

　それまで殆ど頭に入ってこなかった言葉が、この一文を読んだ時、不意に理解出来た気がした。ハイデガーはこのような「ひと」を批判しているに違いない。

　和夫は、付き合い始めた頃の谷川麻美との会話を思い出した。

「私は他人を基準にして生きたくないのよ」

「僕もだよ」彼女を裸にする事しか考えていなかった和夫は、この時、いい加減に話を合わせた。

「私は本来的でありたいのよ」

「分かるよ」

「世間様っていうのが一番嫌い。世間様なんて、近所の数人に過ぎないのに、どうしてそんなものを気にする必要があるの？」

「全くだね」

付き合ってきた二年半の間、谷川麻美のこのような傾向は一貫して続いている。それどころか最近、一層激しさを増しているようだった。彼女の母親は世間の目を極端に気にし、「人様のやる通りにやっていれば後ろ指を指される事はない」という方針の下、着る物から持ち物に至るまで娘を厳しく管理して育てたらしい。親元を離れた谷川麻美は自分の感情を最優先し、相手が既婚者であろうとお構いなしに恋愛する事で、母親の頸木《くびき》から絶えず自由になろうともがいているようなところがあった。

「結婚なんて、本来的自己を縛り付ける時代遅れの旧制度に過ぎないわ」

彼女がそう言っている限り、和夫は安全圏で息をしていられた。妊娠した時も、平然と堕胎処置を受けてすぐに退院した彼女の後ろに随き従って横断歩道を渡りながら、こんな便利な女はいないと感心したものだった。彼女にとって堕胎は、母親に対する最大級の復讐であったに違いない。

しかしこのところ、谷川麻美は気になる事を言い始めている。

「和夫は思ったよりずっと保守的ね」

「和夫は一度でも世間を裏切った事があるの？」

「ありきたりな分別を超えたいとは思わないのかな？」

それが何を意味するかは、漠然と察する事が出来た。彼女の口から決して出た事のなかった「奥さんと別れて結婚して欲しい」という言葉が、今にもその咽喉元から飛び出してくるのではないかと怖くなる事が度々あった。

喫茶「プネウマ」のドアベルが鳴った。

「いらっしゃいませ」という齋藤比奈の小鳥のような声に釣られて顔を上げると、傘を窄《すぼ》めながら谷川麻美が入って来た。和夫はその時、周囲の男達の目の中に一瞬煌《きら》めいた光が、彼女の姿を見た途端一斉に消えるのを見た。谷川麻美は一見とても痩せて見え、どこか間が抜けたロバのような面長の顔は、映画『道』で大道芸人（「鉄の肺を持つ男」）を演じたアンソニー・クインを思い起こさせた。彼は店の男達に対して「連れがアンソニーで申し訳ない」と心中謝ったが、そんな義理はないとすぐに気を取り直し「雨に降られたね。急がせたんじゃないか？」と彼女に気遣いの言葉を掛けた。

「御免なさい。北岡課長に又引き止められちゃって」

何度も彼女を食事や映画に誘う北岡課長は、明らかに谷川麻美の体を狙っている男の一人だった。パッと見には何の色気もない谷川麻美だが、裸にしてみると乳房も尻も決して貧相ではない上に無類のセックス好きである。その本質を北岡課長は、服の上からでも間違いなく見抜いている。年季の入った上司というのは、往々にしてそういうところに聡いものだ。いい女には二種類ある。齋藤比奈のような誰が見ても色気のある美人と、谷川麻美のような、裸にして体を合わせてみて初めてその良さが分かる女とが。そして必ずしも前者が床上手だとは限らないところが面白いところであった。谷川麻美とのセックスは実に申し分がない。付き合ってきた二年半の間に交接した回数は五百回を超えたが、未だに全く熱が冷めないでいる(確かに、これは一種の熱病かも知れないと和夫は思う時があった)。この店の男達は谷川麻美になど見向きもせず、相変わらずチラチラと齋藤比奈だけを盗み見ている。しかし彼らは当然ながら、この大人しそうな女がどれほど執拗に男の竿を舐《ねぶ》りまくるか、そして如何に窒息しそうなほど激情的なベロチュウをするか、そして男の尻の穴に舌を入れたり、求められれば男の唾や痰や小便まで飲み下す事などについては全く無知なのだ。従って、谷川麻美に会えば必ず和夫は、一刻も早く誰の目にも触れない場所で二人きりになりたくなる。二人きりにさえなってしまえば、この女の輝きは数倍にも増し、場合によっては美人に見えてきたりもするのである。しかし他の男達がいると駄目だった。彼らはこの女を色気のないブスと決め付け、彼自身どうしてもその客観的な評価に引き摺られて彼女の顔にアンソニー・クインを見てしまう。

「出ようよ」

「いやよ。雨に濡れたし、熱いコーヒーを飲ませて頂戴」

齋藤比奈がやって来て、注文を訊いた。和夫は二人の女を見比べた。どう見てもその差は歴然としていた。不意に、谷川麻美と付き合っている事の意味が分からなくなり、和夫は冷めたコーヒーを呷ってから煙草に火を点けた。

「吸わないで」と谷川麻美が言った。

「命令するなよ」

「命令じゃないわ。頼んでるのよ」

「分かったよ」

大きく煙を吸い込んでから、和夫は煙草を揉み消した。妻の直美も煙草は嫌いだが、吸うなとは言わない。自分がどうしてこの女の言う事を聞いてしまうのか、それは彼女の体が欲しいからばかりではない気がした。

「北岡課長に、胸を触られたわ」

「何だって？」

「コピーを取ってたら課長が割り込んできて、偶然を装って触ってきたの」

「それでどうしたんだ？」

「どうもしないわ」

「どうもしないって、北岡は何か言ったか？」

「『あ、御免』って」

「揉まれたのか？」

「咄嗟の事でよく覚えてない」

「本当は、抱かれたんじゃないのか」という台詞を和夫は慌てて呑み下した。気が付くとテーブルの下で激しく勃起している。谷川麻美は何か言葉を待つかのように、突然彼を見詰めて黙した。コーヒーをこちらに持って来ようとしている齋藤比奈の影が、視界の隅に映っている。和夫はその時、「ここの新米ウェイトレスと私と、どっちを取るか今すぐ決めなさい」と言われている気がした。この女は全てを見抜いているのだ。そう思い、和夫は咄嗟に口を開いた。

「おまとずっと一緒にいたい」

若干滑った和夫の言葉をまるで聞いていないかのような、谷川麻美のラクダ顔だった。

二

ホテルの部屋に入っても谷川麻美はなかなか服を脱がず、何か考え事をしているような顔で洗面所に立つと、鏡の前で髪の毛を乾かし始めた。和夫は背後から彼女の体を抱き締め、首筋の匂いを嗅いだ。約束を守って香水は付けておらず、ほんのり甘酸っぱい体臭と雨の匂いとドライヤーの焦げたような匂いとが混ざり合っている。

「髪の毛なんか濡れてないじゃないか」

彼女はドライヤーのスイッチを切って「ねえ」と言った。

「何だ？」

「私と結婚してくれるの？」鏡越しに訊いてきた彼女に、和夫は、この女は何を言ってるんだと思いつつ、笑顔を返した。すると、手から逃れる泥鰌《どじょう》のように「ああ、そうだよ」という言葉がチュルリと口から滑り出た。

「あなたに世間が裏切れるの？」

「勿論だ」

そう言った鏡の中の自分の笑みが、赤の他人のように見える。

「嘘じゃない？」

「ああ。嘘じゃないさ」

スパゲッティを食べて人心地ついた後、シャワーも浴びずに突然始まった交接は壮絶を極めた。和夫は初めて谷川麻美の尻の穴に一物を入れ、排泄物で汚れたその一物を彼女は夢中で口に含んだ。続けて接吻し合った彼らは揃って放屁し、二人は笑いながらベッドの上を転がり回った。肛門性交と膣性交とを繰り返し、汚物と粘液でドロドロになった一物を谷川麻美の咽喉の奥に突き立ててイラマチオさせ、上下左右裏表斜め垂直斜交《はすか》いに絡み合っている内に次第に何をやっているのか分からなくなり、気が付くとぐったりと仰向けに寝ている谷川麻美の頬に小さな糞が付着しているのを見付け、和夫はその黒い欠片を舐め取り、嚥下した。「苦い！　正露丸のようだ」と言い放つと、谷川麻美は目を大きく見開いて驚いた顔をこちらに向けた。二人は顔を見合わせ、発作的に破顔した。和夫はこの時、この女は断じてブスではないと思った。

浅い眠りから覚めると、大きな声を出して嘔吐した。谷川麻美はベッドの上に座っていた。そして「気持ち悪い」と言いながら洗面所に立ち、大きな声を出して嘔吐した。シンクに溜まった嘔吐物を見ると、スパゲッティに白い物がマーブル状に混在していた。生クリームらしい。こんな物をいつ食べたのか、と和夫は思った。まさか北岡課長とお茶してきたのではあるまいな。

「大丈夫か？」

「ええ」

「そうか」

谷川麻美はうがいをしてから振り向くと、和夫の首に手を回して抱き付いてきた。

「嘘じゃないよね？」彼女は言った。

その時、もう夜の九時を過ぎているという焦りと、ウンコと唾とスパゲッティと生クリームの臭いにまみれたアンソニー・クインを今すぐ突き飛ばし、妻の直美と娘のレナのいる平和な家庭に帰りたいという熱く切ない思いで和夫の胸はいっぱいになった。それと同時に、この女の肛門から飛び出した意味不明の突起物は疣痔ではないのかという、押し殺していた疑念が頭を擡《もた》げた。

「行動で証明するのよね」

「ああ」

「命懸けになる事よ」

「分かってるさ」

そう言いながら、自分の言葉の意味を和夫は考えた。この女の問い掛けには、何か有無をも言わせぬものがある。それは、哲学と文学の教養に裏付けられた説得力のようなものか。出会った当初から今日まで谷川麻美の吐く言葉に対して、それを否定するような本心をぶつけた記憶が彼には殆どなかった。常に彼女の裸を抱く事が第一義で、言葉などどうでもよいと言えばそうだったが、ここに至って自分が口にした「ずっと一緒にいたい」という言葉を「結婚したい」の意味に勝手に解釈されて尚否定し得ない自分に、和夫は何か空恐ろしいものを感じた。喫茶「プネウマ」の齋藤比奈ならともかく、家庭を壊してまで一緒になるような女では絶対にない。そう分かっていながら、鏡に映った谷川麻美の尻肉を鷲摑みにせざるを得ない。両手で押し開いた尻の谷間に疣痔を確認しようと目を細めている鏡の中の自分の馬鹿面に、彼は小さく吹いた。

「何？」

「いや、何でもない」

「何がおかしいの？」

「別に」

「私と結婚する事が嬉しいの？」

「そうだよ」

「お風呂に入りましょうか？」

「だな」

谷川麻美が湯船に手を突き、片脚を上げてバランスを取りながらカランを捻っている。流れ出た水量豊かな湯は透明の太い柱となり、それに手を当てて温度を確認する彼女の裸の後ろ姿を見ている内に、この女は端から結婚など信じていないのだと不意に分かった。恐らく「結婚」という言葉を口にしてみたかっただけなのだ。好きな男が家庭を捨てて自分と結婚してくれる。それがたとえ嘘でも、そういう言葉がなければとてもセックスなど出来ない我が儘な気分になる時が存在し、それが即ち今日だったに違いない。つまりこの女も又自分同様セックスの虜に過ぎず、言葉など本当はどうでもいいと思っているのだ。

シャワーで互いの体を綺麗にし、まだ浅い湯に二人で体を浸す。湯船の中のＬＥＤランプだけを点して、浴室の灯りを消した。湯の色は七色に変わり、色に釣られて気分も又変化する気がした。両脚の間に彼女の体を抱いた和夫は、背後から手を回して乳首を弄んだ。湯の色が赤い内、谷川麻美は軽い嬌声を上げていた。そして湯の色が紫から青に変わるとこう言った。

「私がホントにあなたと結婚したがってると思うの？」

和夫は数秒措いてから応えた。

「いいや」

すると彼女は乳首から彼の指を外し、七色のサイクルが三度繰り返されるまで口を開かなかった。和夫は「しまった」と思った。

「本気じゃないと思ってるのね？」

「いや」

「私は本気よ」

「ああ」

「『ああ』じゃないわよ」

「うむ」

「奥さんと子供を捨てて、私と一緒になって貰うんだから」

その言葉と共にＬＥＤライトがタイムオーバーして消え、湯の色はドブ川のように黒く沈んだ。この女は弱い立場にある、と彼は思った。どう考えても、お前のような女のために家庭を犠牲にする男などこの世にいるものか。

「なあ麻美」

「何？」

「キス」和夫は両手で彼女の顔を持って後ろに捻り、唇を求めた。彼女は首に力を入れて抵抗した。

「キスしてくれ」

「嫌よ」

何故か猛烈に接吻したくなり、何か適当な言葉はないかと思案した末に「一緒になろう」と和夫は言った。すると谷川麻美の体から急に力が抜け、彼はプンと嘔吐物の匂いのする唇を自分のものにしながら「一緒になるのと結婚とは違う」と心の中で呟いた。

三

午後十一時に帰宅すると、妻の直美が居間の卓袱台に頬杖を突いてテレビを見ていたが、上の空なのはすぐに分かった。

「ただ今」

画面の中で三流タレントがアイドル歌手を弄っている。

「レナは寝たのか?」

そう言いながら居間を通り過ぎて和室で背広を脱ぎ始めると、直美が「ちょっとここに来て」と言った。その声に観客の笑い声が被さった。

「ああ」と曖昧に返事をし、ネクタイを緩める。

「すぐに来て!」直美が叫んだ。

「着替えさせろよ」

「いいからこっちに来て座って！」

最後の「て！」の声が裏返っていた。

「何だよ」言われた通りに直美の横に正座すると、彼女はテレビのリモコンスイッチを切った。

「ちょっと煙草が吸いたいんだが」

沈黙が訪れ、降り止まない雨の音が聴こえてきた。和夫は、髪の解れた直美の横顔をチラッと見た。一体何に疲れているのか、三十八歳にはとても見えない。喫茶「プネウマ」の男達なら、四十五歳ぐらいと判断するかも知れないと思った。彼は膝を崩して胡坐をかいた。数分間の沈黙の後、彼女が口を開いた。

「あなた」

「何だ？」

「お母さんちに連れてって頂戴」

和夫は一瞬間を置いてから、「いいよ」と応えた。

「明日」

「それはお前自身の望みなのか？」

「ええ。レナも一緒に」

「分かった」

和夫は大急ぎで、自分の返事の意味を考えた。

直美の母親は糖尿病を患っている独居老人である。もう何年も会っていない。この義母は、チクに住んでいる。義母に会いに行けと直美を嗾《けしか》けたのは、和夫自身だ。二週間前に谷川麻美との関係を詰問された時、お前こそ母親を見殺しにしているではないかと責め返した。そして恐らく今夜彼が谷川麻美と関係してきた事を、直美は直観している。従って彼女は、夫を責めるより先に自分から母親に会いに行くと言い出し、予め弱みを握られないように防衛線を張ったと考えてよい。加えて、実際にチクに行く事の困難を彼に担わせる狙いもあるに違いなかった。仕事は休まねばならないし、国の決めた規則を犯す事にもなる。チクに行ったとなればレナも学校で苛められる。下手をすると生活そのものの基盤が脅かされかねない事態に家族全員を巻き込む事で、お前はそれだけの事をしたのだ、と直美は主張したいのだ。

もし直美の提案を断っていれば、この場で直ちに痴話喧嘩が勃発する事は明らかだった。谷川麻美とのセックスで疲れ切っていて、傷でも出来たのか一物に痛みもあり、とても直美と戦う力は残っていない。彼女の言葉を一旦受け容れて事を荒立てないようにした自分の判断は適切だった、と彼は思った。大切な営業会議のある明日であったが、病気と偽って仕事を休み、三人で車に乗ってチクに向かうしかない。どうせ立ち入り禁止で入れっこないのだから、適当にドライブして帰ってくればよいのだ。和夫はまだ無言で何か考えているらしい直美を措いて立ち上がり、台所の換気扇の下で煙草に火を点けた。

「シャワーを浴びるから、先に寝てろ」

直美は和夫の言葉に応えず、再びリモコンをテレビに向け、スイッチを入れて盛んにチャンネルを替え始めた。彼は数口吸っただけの煙草を灰皿代わりの広口壜に放り込んで蓋をすると、忍び足で浴室に向かった。その時「お前のせいだからな」という声が聞こえたが、その声の主がテレビなのか直美なのか判然としなかった。

シャワーの熱い湯を浴びると股間に沁みて、見ると雑菌が入ったらしく、亀頭の皮の辺りが大きく腫れ上がっていた。和夫は谷川麻美との交接を思い出しながら、自分の胸や尻を撫で回した。自分の体を谷川麻美に見立てて愛撫するのが、この二年半の間に癖になっていた。長い事そうしていた彼は、やがて頷きながら笑い出した。洗面所で直美が顔を洗う気配がして、彼は咄嗟にシャンプーを手に取って髪を洗った。そして直美が立ち去ると、再び「ふふ」と声を上げて笑った。

直美と別れる事なく谷川麻美を黙らせる唯一の方法は、チクに潜入する事以外にないと気付いたのである。何故なら、これ以上の世間への裏切りはないからだ。彼はこの展開に満足した。明日は金曜日である。月曜に旅の報告をしてやろう、と思った。驚いて後退る彼女に向かって「何だ、感染が怖いのか？」と言ってやる。和夫は「馬鹿女め」と呟いて、又笑った。

四

赤根家の赤い車は二時間のドライブの後に、田舎の農道に入った。

雨は上がり、真っ赤な夕陽が背後の西の空に没しようとしていた。

スモールランプを点した赤い車は、徐々にスピードを落とした。

「そろそろだぞ」と和夫は言った。

後部座席でレナは眠っている。車内での絶え間ない夫婦の諍《いさか》いをレナは何度も泣きながら阻止しようとし、その度に二親の双方から鎮圧された。その遣り取りに疲れ切ったのだろう。

「見ろ。対向車だ」と和夫は言った。

反対車線を、黒いワゴン車がこちらに向かって来る。

「チクから来た奴じゃないな」

するとワゴン車のライトが、チカチカとハイビームを点滅させた。擦れ違いざまに双方が減速する。見ると運転手がこちらに向けて首を振り、後部座席の窓から一人の男が手で「×」の印を送ってきた。

「あいつらチクに行こうとして、諦めて引き帰してきたんだ」

更に走ると「見て、柵があるわ」と直美が言った。行く手に、二つの立ち入り禁止のトラ柵が道路を塞いでいる。トラ柵から五十メートルほど手前で、和夫は車を停車させた。

「誰もいないようだな」

「監視兵はきっともっと奥の方にいるのよ」

「さっきの車はあの柵の手前で引き返したのかな」

「分からないわ」

「もう少し近付いてみよう」

和夫は、車を柵の数メートル手前まで近付けて再び停車させた。

「直美」

和夫は、真っ直ぐに前を向いている妻を見た。

「お前、本当に覚悟が出来てるのか？」

「あなたこそ出来てるの？」

「ああ」

「犯罪者になるのよ」

「ああ」

「私もレナもよ」

「そうだな」

直美は後部座席のレナの寝顔を一瞥し、彼の顔を見て「私もレナも覚悟は出来てるわ」と言った。和夫はその途端、運転席のドアを開けた。直美は、車を降りて逃げるように走り去って行く夫の背中を燃えるような目をして追った。和夫は二つのトラ柵を道路脇に寄せると、すぐに運転席に戻ってきた。

「突破するぞ」

「分かった」

赤い車は柵の地点を素通りして、農道を更に東へと進んだ。この道は直美の母親が暮らす町へと通じる裏道であり、夕方以降は極端に交通量が少なく、帰省の際にはいつも利用していた。町は目と鼻の先である。アスファルトに延びた車の影を踏むようにして、赤い車はゆっくりと進んだ。

気配に気付いて、直美が後ろを振り向いた。

「もう着いたの?」両目を擦りながらレナが訊いた。

「もうじきよ」直美が応えた。

「レナ」和夫が言った。

「何?」

「チクに入るよ」

「うん」

「レナは、それでいいのか?」

「うん」

「どうしてだ?」

レナは目をパチパチさせた。

「お母さんが、チクに行けば又お父さんと仲良く出来るって」

「そうか」

和夫は直美を見たが、彼女は前を凝視していた。

「あなた、監視兵よ」

前方の路肩に二台のジープが駐車してあり、数人の監視兵らしき軍服姿の男達が立っていた。

「ゆっくり侵入して、止められそうになったら突っ切るからな」

「ええ」

ハンドルを握り締めた手に力が籠もった。和夫は胸の中に、抑え切れない高揚を感じた。チクなど存在しないと言いながらこうして厳重な監視を行っている国家、その国家に全てを任せて知らぬ存ぜぬを決め込んでいる世間というものの向こうを張って、この小さな車を使い、彼らの手で張り巡らされた壁を力ずくで突破する事。この一点にこそ家族再生の希望がある、という気概に彼の心は俄《にわか》に燃え盛ったのである。直美もレナも、同じ事を感じているに違いなかった。生まれて初めて一線を越える。谷川直美も、この蛮行には納得せざるを得ない筈だ。あんな女、屁でもない。

和夫はジープの横をゆっくりと進んだ。監視兵達がこちらを見た。七人いて、武器らしき物も所持していた。彼はウインドウを開けた。監視兵達は黙って赤い車を見ている。ガムを噛んでいる者や煙草を吸っている者もいた。ウインドウから見上げる和夫の顔を見返しながら、監視兵の一人が口を開いた。

「何だ?」と言う。

和夫は「別に」と応えた。

するとその監視兵は、仲間に向かって「別に」と言って笑った。他の監視兵達も同様に笑った。それだけだった。車はそのまま前進した。逆光になった監視兵達の影が、ルームミラーに映っていた。和夫はルームミラーを凝視し、何のアクションも起こさなかった彼らの姿をずっと目で追った。不意にその鏡の中にレナの顔が現れ「やったね！」と喜んだので、「黙ってろ！」と怒鳴り付けた。そして監視兵の場所から二十メートルほど離れた地点で車を停めた。雑木林の中に大きな木があり、その幹に髑髏《どくろ》の標識が貼られていた。和夫は盛んに頭皮を掻いた。直美とレナの視線を感じながら、彼は頻りにこの「罠」について考えていた。

「あなた」と直美が言った。

「うるさい！」と和夫は再び怒鳴った。

十五分後、赤い車は何度も切り返しをした後、ゆっくりと引き返した。監視兵達が笑っていた。誰かの手によって元に戻されていたトラ柵の手前で赤い車は急加速し、トラ柵を二つとも弾き飛ばして猛然と元来た道を走り去った。

その道は、谷川麻美や直美によって敷かれたものではない、未踏の文脈に思えた。

感染

一

　事務員に伴われてやって来たその男を一目見た時、赤根和夫は椅子から転がり落ちそうになった。デザイン事務所の勝手なイメージから、てっきりスマートな若者か女だろうと当たりを付けていた自分を大馬鹿だと思った。何か異様な雰囲気を察して男を一瞥した途端、社員達は見てはいけない物を見たかのように目を逸らす。異様に大きな顔は原始人を思わせ、体付きはゴリラそのものだった。応接室に入ると一呼吸置いて、男は名刺を差し出した。

「『デザイン事務所ガスカール』の若島清二と申します」

「営業の赤根です」

　椅子に腰を下ろして向かい合うと、知性の欠片もなさそうな巨大な顔に圧倒された。若島は、自分の名刺入れの上に赤根の名刺を置いて背筋を伸ばしたが、猪首と、背広の上からでも分かる肩の筋肉の極端な隆起とによって、頭をぶたれた猫のような卑屈な構えになっている。簡単な自己紹介を聞かされている内に、この男から発しているに違いない膿んだ傷のような臭いが鼻孔を刺激し、赤根は息を止めた。お茶を持って来た女性事務員も応接室に入るなり顔を歪め、湯飲みを差し出す時「あ、どうも有り難うございます」と言った若島の顔からそっと体を仰け反らせた。よく見ると、ワイシャツの襟に締め付けられた首に、ニキビのような出来物が幾つかある。カラーの縁の小さな滲みは、その出来物が潰れた痕だろう。

しかしヒアリング自体は、極めて能率的に進んだ。二人は、互いの頭の中にある論理的思考によってのみ相手と繋がっていた。赤根は、論理の有難みを強く感じた。論理があるからこそ、触れ合う必要もなければ感情移入する必要もない。若島は小型のノートにこまめにメモを取りながら、「それでは、こんな感じになりましょうか?」とその場で描いたラフを、こちらが意見を付け加える度に見せた。赤根はそこに、クライアントの意向を十分に汲み取った的確なデザイン画と、全共闘のビラを思わせる几帳面な文字とを見た。名刺入れもノートも手帳も、全てテーブルの縁と平行に置かれている。それはお洒落な文具店の商品の陳列のようで、恐ろしく几帳面な男であると知れた。

「頂戴致します」

話が一段落すると、若島は左手で受けを作ってゆっくりと茶を啜った。半時間ヒアリングの間で三回、若島は背中と太股と尻を手でそっと掻いていた。恐らく全身が出来物で覆われているであろうこの男は、極端な几帳面さと誠実な仕事振りを頑なに守る事で辛うじて自暴自棄から免れ、この世界と折り合いをつけているものと思われた。信頼してよさそうだ、と赤根は思った。

「私も会社で見たわその人。彼がチクに住んでいると言うの？」

「名刺の住所がそうだった」

「それはデザイン事務所の住所なの？」

「そうだ」

「直接彼に確かめなかったの？」

「後で気付いたんだ。名刺見るかい？」

谷川麻美は首を横に振った。

セックスの後の気怠さが、ホテルの部屋に満ちている。

全裸でソファに腰を下ろして煙草を吸いながら、赤根はベッドの上で三角座りしている麻美の裸体を眺めた。酷く華奢《きゃしゃ》に見える。

この日は二度、中折れした。正常位で腰を振っていた時、一瞬麻美が探るような眼になった。その眼は「家族を捨てて私と一緒になれ」と言っているようで著しく集中力が殺がれた。バックで立て直しを試みたが、染み一つなかった筈の麻美の背中に小さなニキビを見付け、それが若島の出来物を連想させるともう駄目だった。結局麻美に手で処理させてから浅い眠りに落ち、夢現の中で何か挽回の手はないかと考えた末に、若島の名刺の話を持ち出したのである。案の定麻美は、チクの人間に対して強い拒否反応を示した。

「その人はチクから自由にこちら側に出て来ているわけ?」

「そうかも知れない」

「あり得ないわ」

「それがそうでもないらしいんだな」

「どういう事?」

「僕は先週、チクに行って来た」

「え?」

「会社を休んだ日」

「本当なの?」

麻美は座ったまま布団を引き寄せた。感染にはウイルス説と磁場説とがある。後者であればチクに入らない限り脳障害になる恐れはないが、前者なら感染者とのセックスは命取りである。

「正確には、チクに入ったところで引き返したんだが、監視兵は僕の車を止めなかった。素通り出来るんだ。恐らく誰でもチクに出入り可能だ」

麻美の爪先が、そっと布団の中に隠れた。

「若島清二はしかし、脳に障害があるようには見えなかったな」

「そういう問題じゃないわ。どうなっているのよ、この国の危機管理は」

「さあね」

赤根は、そんな事はどうでも良かった。

「一緒にチクに行ってみないか？」

そう言うと、彼は深々と煙草の煙を吐き出した。

「吸わないでって頼んでるのに」と言った麻美の声には、いつもの力がない。鼻まで布団に埋まり、目で煙の行方を追っている。煙はゆっくりと、天井の換気口に吸い込まれていった。

麻美は誘いに乗らないだろう、それでこっちの勝ちだと赤根は思った。

結婚の話はもう持ち出さないに違いない。

麻美は腰を滑らせ、ベッドの上に仰向けに横たわってじっと天井を眺めている。天井にはマンガチックな月と星々とが描かれていて、枕元のスイッチで調光する事で暗闇の中に星空が輝く。その星を見上げながら「早くイカせてくれ」と念じていたさっきの自分を、赤根は滑稽に思った。

「いいわ」と麻美が言った。

「行くのか？」

「ええ、行く」

「よし」

赤根は煙草を揉み消し、トイレに立った。

彼はトイレの中で舌打ちをした。チクの入り口で感じた、身動き出来ないほどの恐怖感が甦る。

あそこには、何か間違いなく悪いものが在った。監視兵が物理的に制止せずとも、一歩足を踏み入れるだけで分かる強い瘴気の存在が自然の壁となって立ち塞がっているのである。もし本当に感染でもしたら、運命が変わってしまう。麻美は家族を捨てて運命を共にするような女では断じてない。

「シャワーを浴びるよ」

赤根はトイレから出て、そのまま浴室に入った。頭は濡らさず、シャワーで軽く体を流すだけで石鹸はつけない。ふと、感染を恐れている筈の麻美がチクに行くと言ったのはハッタリかも知れないと思った。こちらの本気度を試しているだけかも知れない。煙草の煙ですら受け容れられない女が、どうして汚染地域などに行くだろうか。

「入るわよ」

磨りガラスに麻美の影が映っていた。その影を見た時、いつでも抱ける女が一人いる喜びを感じたのも束の間、浴室に入ってきた彼女の乳房は猫背のせいで酷く萎れて見えた。「胸を張れ」と念じたが言葉には出さず、彼女に向かって「頭がクラクラする」と言った。

「え？　何？」

「麻美は頭がぼんやりしないか？」

「しないわ」

「ならいい」

シャワーのノズルを手渡し、両手で顔を擦る。

「具合が悪いの？」

「お前、男がいるのか？」

麻美が赤根の顔を見た。ノズルの湯が鏡に当たって、細かい水滴が跳ねている。

「何ですって？」

「男だよ。北岡課長か？」

麻美は鼻で笑い、肩に湯を浴びながら天井を向いて首を撫でた。

「何でそんな風に思うの？」

「教えてくれる奴がいてね」

「誰？」

「知らない奴だ」

「知らない人があなたに私の事を教えたわけ？」

「声が聞こえるんだよ」

「声が聞こえる、ね」

「そうだ。先に出るよ」

赤根は浴室を出てバスタオルで体を拭きながら、洗面台に映った自分の顔を睨み付けた。

パンツとシャツを着てソファに腰を下ろし、少し迷って煙草に火を点けた。暫くして浴室から出てきた麻美は、慌ててバスタオルを頬被りにした。赤根は煙草を灰皿に押し付けると、せかせかとカーペットを横切って行く麻美のスリッパを目で追った。ベッドに腰を下ろした麻美は、白いバスローブを纏っている。全身を白一色で覆われた彼女は、バスタオルから目だけを出してこう言った。

「声なんて聞こえないくせに、何を言ってるのよ」

二

ホテルから出てきた二人の後を、猪首の背広の男が随いて歩いていく。

若島清二は、二人が喫茶「プネウマ」で落ち合うところからずっと付けていた。ホテルの外で、彼は二時間以上待っていた。彼が立ち去った場所には、煙草の吸い殻が五本落ちていた。陽はすっかり落ち、ホテル毎に工夫を凝らしたネオンの光が、立ち去っていく二人の後ろ姿と解け合う。暫く肩を並べて歩いていた二人は、やがてごく自然に分かれ道で別れた。若島清二は、迷わず谷川麻美の後を付けた。

彼女は途中自然食品の店に立ち寄り、レジ袋を提げて店から出てきた。買い物客で賑わう商店街を抜け、地下鉄の階段を下っていく。地下鉄車両は通勤客で混んでいた。若島清二は彼女と同じ車両に乗り込み、殆どすぐ後ろに陣取った。乗っていた若者が連れの男に「臭っせ」と言い放ち、舌打ちしたり、わざとらしく溜息を吐いたりした。次の駅で二人の若者は、彼の顔を睨み付けるようにしてホームに下り、隣の車両に移動した。周りの乗客がそれとなく離れていく中、谷川麻美は何度か咳払いしながらも、縛られたようにずっと同じ吊革を握って立っていた。車窓の硝子に映った若島清二と、彼女の目が合った。吊革を握った艶のある爪が、掌に食い込む。若島清二は唇を窄め、彼女の髪に息を吹き掛けた。髪の数本が揺れ、谷川麻美の首が微かに竦んだ。

塊となった乗客の群れに交じって二人がホームに吐き出された時、谷川麻美はキッと後ろを振り返り、そこに若島清二の姿を認めて早足になった。彼女は人波を掻き分けてエスカレーターに乗り、人の流れに乗って駆け上った。改札を出る時にもう一度振り向いた時には、若島清二の影はなかった。

地上に出て駅前商店街を抜け、住宅街に入ると街灯りは途切れる。暗い公園の脇の歩道を何度も振り返りながら通過し、自宅マンションの灯りを見ると彼女は駆け出した。エントランスからマンションに入ろうとしていた背広姿の男が、ヒールの音を聞いて振り向き、軽く会釈した。

「今晩は」彼女は息を切らしながら言った。

「どうも」男は言った。

暗証番号を押して開錠した扉を男は押さえて彼女を通した。

「有り難うございます」

「いえいえ」

彼女は男と同じエレベーターに乗り、男に頭を下げて四階で下りた。扉が閉まる前に男は「お休みなさい」と言ったが、彼女は言葉にならない声を発しただけで足早に立ち去った。

マンションの玄関扉を閉めると、麻美はチェーンを掛け、ドアノブを両手で摑んだまま呼吸を整えた。そしてキッチンに駆け込むと、何度も嗽《うがい》をした。電車に乗っていたのは会社で見たあの男に間違いない。若い事務員が言っていたのはあの臭いの事だったのか、と彼女は納得し、シンクに水を吐き捨てた。あの男がホテルで赤根和夫と話したデザイン事務所の男であれば、チクに住んでいる事になる。そんな事はあり得ないと思い、胸元を撫でると指先が汗でぬるっと滑った。慌てて全裸になり、洗面所に行って脱いだ服を洗濯機に放り込む。

ふと、鏡の中の自分に目が留まった。

一瞬、いつもと違う感覚に襲われた。何だろう？　右腕を上げると、鏡の中の自分の左腕が上がる。三十二年間生きてきた体。少し乳房が垂れている気がして、両肩を後ろに反らして胸を張る。乳房が引上げられると同時に左右に広がり、両乳首が外を向く。この二年半の間に、和夫に何度吸われたか分からない乳首。

付き合い始めて何ヶ月かした頃、和夫がいつになく執拗に乳首だけを責めてきた事があった。そのまま絶頂に達すると、和夫は声を上げた。

「麻美！」

「何？」

「お前は、自分が乳首刺激だけでイク事をいつ知った？」

麻美は和夫の目を見つめ返し、その真剣な顔に気圧されて咄嗟に嘘を吐いた。

「今よ」

すると和夫はきつく抱いてきたので、息が止まった。

和夫は度々、彼女の男遍歴について質問するのが常だった。麻美が大学時代に恋人と猿のようにセックスしていた事、仲良しグループの合宿でゲームで罰として服を脱がされた事、皆で雑魚寝している時に布団の中に男子学生の手が伸びてきた事、前の会社で先輩の男性社員がマンションに泊まっていき、言葉巧みに裸にされて整体治療を受けた事、旅先で知り合った外人に抱かれた事、複数プレイの事。そんな話を根掘り葉掘り聞き出しては、和夫は一人興奮していた。彼は麻美の過去の男達への嫉妬に酔っていたのである。

「罰ゲームの時はパンティも脱がされたのか？」

「外人のアレはでかかったか？」

「お前、尻の穴は処女か？」

嫉妬される事に嫌な気はしなかった。どの男も、乳首刺激だけで麻美をイカせた事はない。それを為し得た初めての男が自分であると、彼は素朴に信じたらしい。その日以来ずっと乳首を責め続けられ、形が少し変わってしまった。乳首を弄られるのは好きだがそう簡単にはイクわけがなく、殆んどは演技だった。

鏡の中で、彼女は目を凝らした。

自分の顔の横に、和夫の顔がある。

いや、ない。

それは今日のラブホテルでの記憶だ。セックスの前、洗面所で二人並んで歯を磨いた。その時、鏡に映った和夫の顔は、いつもの和夫の顔と違って見えた。それは当たり前で、鏡の中の顔はいつもの顔と左右が逆転しているのである。鏡の中の和夫を見る機会が余りないので、奇妙な感じがした。特に目がおかしい、と思った。

その違和感を、今、鏡の中の自分の顔に感じる。

これは鏡に映るいつもの自分の顔ではない。何が違うのかは分からない。しかし兎に角どこかが違う。ひょっとすると鏡の中には、例えば写真のように、他人が見る自分の顔が映り込んでいるのかも知れないと思い、彼女は棚から手鏡を取り出した。顔の横に手鏡を宛がい、その中に映る自分を見れば、それがいつもの鏡の中の自分なのではないかと考えたのである。しかし直接手鏡を覗き込む事は出来なかった。そんな事をしても、手鏡の中には自分の後頭部しか映らない。彼女は手鏡を目の前の鏡に映して見るしかなかった。すると手鏡の中の自分の顔に、矢張り違和感を覚えた。手鏡の角度を調整すると、向かい合った鏡の中に自分の顔が無限に続く。その自分はどれも全く同じ顔で、矢張りどこかズレている。

彼女は、直接自分の顔を手鏡に映した。

手鏡は百円均一ショップで買った物で、プラスチック製だった。そのプラスチックの柄を握っている自分の手。爪には透明マニキュアが塗られている。その爪が、自分のものでない気がした。付け爪？　いや違う。自分の爪だ。

しかし手鏡の中の顔も、やはりどこか自分の顔ではない。よく見ると、腕の皮膚の張りの具合や手首の関節の可動域も、自分のものと僅かに違っている気がした。足許を見ると、敷物を踏んでいる自分の足までの距離感がいつもと違う。息を吸い込むと肺の膨らみ具合が、目を閉じると瞼の裏に浮かび上がる模様が違う。

麻美は、洗面所の壁紙を手で撫でた。そして壁に鼻先をくっ付けるようにして壁紙の模様を眺め回した後、「これは模写だわ」と呟いた。その瞬間、背後に気配を感じて振り向いた。

しかし、誰もいない。

と、電車の中で嗅いだあの男の体臭がした。

動物の屍骸《しがい》のような臭い。間違いない。

彼女は咄嗟に浴室に飛び込み、折り畳み扉を閉めて施錠し、息を殺した。

あの男がこっそり部屋の中に侵入している。

そして彼女は目を剝いた。

玄関の鍵を閉めた記憶がない。

チェーンは掛けた。しかし鍵を掛けたかどうかが、どうしても思い出せない。玄関の姿見に映る、ドアノブを握っていた自分の姿しか思い出せなかった。ガチャッというあの音が耳の中に残っていない。重たい鍵の手触りも手の中にない。

もし施錠されていなかったとすれば、そっと扉を開け、番線切りでチェーンを切断しさえすれば誰でも入って来られる。

もう入られている。あの臭いからして、チクの男が忍び込んでいる。浴室の折り畳み扉の鍵は、プラスチック製である。ひと蹴りで蹴破られてしまうに違いない。一見して並以上の力の持ち主で、全裸の自分が太刀打ちできる相手ではない。

麻美は、自分の嗅いだ臭いが錯覚だった事を確認するため、何度も鼻から息を吸い込んだ。シャンプーや石鹸の匂いしかしない。

洗面所だけが明るく、浴室の灯りは点いていなかった。磨りガラスを通して見えている洗面所の明るさが、さっきから何度か翳っているのに麻美は気付いていた。何かの影が差している。一体何の影なのか。

その時すぐ近くで「若島清二だ」と野太い声がしたので、麻美は飛び上がった。

その声は、すぐ耳元で聞こえた。息が掛かるほど近くで。

しかし声の方を睨み付けても、浴室の壁のタイルがあるばかりである。そのタイルも、どこかいつもと違う。すると紛れもなく、あの臭いが漂ってきた。まるで足許から這い上がってきて、彼女の裸体を包み込むように臭ってくる。

「はっ!」と、麻美は声を上げた。まるで何かを吐き出すように。

三

時計を見ると、午後十一時を回っている。

麻美はパジャマ姿でベッドの上に座り、目を大きく見開いていた。しかし何かを見ているわけでもなかった。彼女は懸命に考えていた。一体何がおかしいのかを。

あの時、浴室から出て部屋中の灯りを点け、隅々まで点検したが誰もいなかった。玄関扉の鍵は施錠されていた。しかし心配になって一旦開錠し、チェーンを外し、スリッパを突っ掛けて外に出て周囲を見回した。夜の町の灯りが見え、その景色に吸い込まれるように手摺りに手を掛けて夜気の中に首を突き出した。胸が手摺りに当たって、ひやりとした。眼下に、スーツを身に纏った若い女性が一人歩いていた。その時、エレベーターのモーター音が聞こえた。彼女は自分が全裸である事に気付いて仰天し、慌てて部屋の中へと駆け戻った。玄関扉の鍵を閉め、チェーンを掛ける。姿見の中の自分を見て、どうかしていると思った。シャワーを浴びてドライヤーで髪を乾かし、パジャマを着てベッドの上に座るとドッと疲れが襲ってきた。

何かがおかしい。

あの男はいなかった。だとすれば、あの声は幻聴だったのか？　デザイン事務所の男だとは知っていた。しかし、若島清二という名前はどこからきたのか？

耳に残る野太い声、きっとそれは和夫の声だ。麻美は下唇を軽く噛んで、小刻みに頷いた。和夫とのセックスの後で、いつものように浅い眠りに落ちた。和夫は何か話していたが、いつの間にか寝入ってしまった。彼は若島の話をしていて、その時すぐ耳元で若島清二の名も口にしたに違いない。その記憶が耳の中に残っていて、それが不意に甦ったのだ。

あの臭いも、本物ではなかった。風が強い日などに、排水口から立ち昇ってくる嫌な臭いがある。今日は風は強くない。しかし何らかの理由で浴室の排水口から悪臭が漂い、それをうっかりあの男の体臭と間違えてしまったものに違いない。

麻美はずっと、縋るようにこの同じ思考を巡らせ続けた。

これで声と臭いの説明は付いたとしても、尚残る疑問があった。それは絶え間なく、ベッドの上に座っている彼女を責め苛んだ。

麻美は部屋を見回す。リビングルームの壁際に置かれたベッド。カーペットの上のミニテーブル。幾何学模様が鏤《ちりば》められたカーテン。チェスト。グスタフ・クリムトの「接吻」のジグソー・パズル。本が詰め込まれた本棚とカラーボックス。本は文学書と、哲学、美学関係が多い。しかし和夫が感心するほどには、彼女は本を読んでいるわけではなかった。確かにハイデガーは好きだが、理解の程度は高が知れている。昔から、自分をどこか神秘的な存在にしたいという欲望があり、意味が分からない哲学書を裸で読むのが好きだった。読みながら、足指の股に指を入れているると性的興奮を覚えた。和夫は足フェチで、足の指を舐め回してくる。そんな男はいそうでいて、なかなかいない。一回切りの男を含めて三十二年間に二十六人の男とセックスしたが、足の指を舐める男は和夫以外には五十五歳の初老の男一人だけだった。この初老の男は、体のあちこちに赤い斑点があった。「これ何なの？」と訊くと「薬疹だ」と言った。「感染るの？」「感染らない」「舐めていい？」「ああ」「油の味がするわ」「それは軟膏の味だ」「そうなの」「ああ」その男とは四回寝て別れた。四年付き合い、結婚を考えていた男に捨てられて自棄になっていた頃の事だった。会社の取引先の倉庫会社に勤めていた男で、足の指がふやけるまで舐めてくれたが、ドブ川のような口臭に我慢出来なかった。それに比べて和夫の口臭は、煙草臭さを別にすれば特段の難はない。彼女が真っ直ぐに立った時、足の薬指が床から浮いているのを発見したのも和夫だった。彼女自身、和夫に指摘されるまで気付かなかった。しかし、こんな事は実はどうでもよい事である。ところがそんなどうでもよい記憶に、しつこくしがみ付こうとする自分がいる。なぜなら問題は、今目にしているこの部屋の眺めに間違いなく嘘があるという点にあったからだ。部屋が本物ではないという感覚は、容易に、彼女自身が本物ではないのではないかという疑念を呼び起こした。麻美はもう鏡を見ようとはしない。もし自分自身が偽物なら、そう感じている自分は何であり一体どこにいるのか分からない。そんな疑問には答えようがなかった。しかし頭の中には自分にしか知りえない沢山の記憶があり、それはまだ自分のものだという確信がある。従って思考は度々中断し、自分を形成している過去の記憶へと飛んだ。

しかしそれも長くは続かなかった。

彼女はその時、自分の足指の股にいつものように指を絡ませていた。四回寝ただけの足舐め男は牛のような分厚い舌を持ち、和夫には口が裂けても言えない事だが、足指を一時間以上舐められている内にそれだけでイッてしまった事がある。部屋中が、男の口臭でいっぱいになり、息が詰まった。その時の臭いが不意に鼻腔の中に甦った時、若島清二の体臭と区別が付かなくなった。頭の中の足舐め男が若島清二と入れ替わり、彼女は記憶の中で、若島清二の体の出来物を舐めながら「油の味がするわ」と言い、若島清二が「それは軟膏の味だ」と答える。勿論、若島清二と寝るような女は断じて自分である筈がなかった。そもそもあんな男と寝る女が存在するのだろうか。商売女でも断るような類の男ではないか。ところがふと何かの拍子に意識の隙間から若島清二の体の記憶がジュッと滲み出し、それがはっきりした皮膚記憶を伴って全身を駆け抜けていくと、彼女は自分が自分である事が絶望的に心許なく感じて恐ろしさに縮み上がった。「お前、男がいるのか?」という声が聞こえ、「若島清二だ」という声がそれに続く。するとその声は和夫であるから、今度は和夫の存在が若島清二に乗っ取られ始める。やがて彼女は、ゴリラのような若島清二と五百回以上に亘ってセックスを繰り返してきた化け物女に成り代わり、鼻孔を広げてその瘴気《しょうき》を吸い、肺腑をいっぱいに充たして股間を濡らしている。ふと見回すと部屋の中の全てが腐り掛かっていて、窓の外には人々の狂ったような絶叫が飛び交っている。彼女は自分の指を股間から引き抜き、その濡れた指先を口に含みながら「ここは何処なの?」と訊く。すると若島清二は「ここはチクだ」と答え、彼女の股間に牛のような舌を挿入してくる。麻美はとうとう自分がチクに来てしまったと思い、ベッドの上に体を投げて唸り声を上げた。チクには有無をも言わせぬ圧迫感があり、それが彼女を居ても立ってもいられなくする。彼女はベッドから転がり落ち、ミニテーブルに向かって這って行く。ミニテーブルの上には仕事鞄があり、彼女はその中に手を入れた。扁平でひんやりした物を摑むと、彼女はそれを操作する。そしてカーテンの幾何学模様を凝視しながら、規則的な電子音を聞いた。短くない時間、彼女は待った。そして声を聞いた。

「何だこんな時間に」と声は言った。

「声が聞こえるって言ったわね?」

「ああ」

「あれは本当なの?」

電話の向こうで、和夫が深い溜息を吐くのが分かった。

「ああ。しかしお前、何時だと思ってるんだ」

「私にも聞こえたわ」

「そうか。分かったから明日又話そう」

「声はあなたの声だったわ」

数秒間の沈黙があった。

「僕の声だったのか？」

「あの男は、若島清二っていう名前なの？」

「確かそうだ」

「あいつは本物よ。チクに住んでいるわ」

生活音らしき音がした。それに続けて、和夫が誰かと言葉を交わし始めた。「北岡課長だ」「トラブルらしい」などと言っている。妻と喋っているに違いない。麻美はスマートフォンに向かって叫んだ。

「私達、感染ったのよ和夫！」

「はい、では明日の朝一番に処理します」

「頭がおかしくなっているのよ！」

「分かりました。何か上手い手を考えますから」

「きっとよ！」

「承知致しました」

麻美は電話を叩き切り、ベッドに向かって投げ付けるとカーペットの上で体を弓形に反らせた。

暫くすると彼女は体をフラットにし、天井を眺めながらぼそりと呟いた。

「なワケない」

異変

一

赤根和夫は、駅前のファスト・フード店「ダニエル・S」の喫煙席でモーニングを食べながら谷川麻美を待っていた。喫煙席はガラスで仕切られた密閉空間で、二人掛けのテーブルが五脚ずつ二列に並んでいる。その内の八脚に出勤前の男女や老人客が腰掛け、盛んに煙を吹き上げていた。換気扇は追い付かず、充満した煙が渦を巻いて目に染みた。

ガラスの外の禁煙席も混んでいて、その中に黒スーツ姿の若い女が三人いた。OLか、若しくは就職活動中の女であろう。和夫は、揃って整った顔立ちの若々しいその三人を眺めながら、駅の方に注意を向けていた。そして駅舎から一人の女が前のめりになって足早に歩いて来るのを認めると、三人の女を名残惜しそうに見納めた。店に入って来た谷川麻美は、何も注文しないまま空いている席に腰を下ろし、喫煙席で煙に巻かれている和夫を小さく手招きした。和夫はコーヒーと食べ掛けのサンドイッチが載った盆を持ち、ガラス張りの部屋を出た。

「煙草臭いわね」

「何だ昨日の電話は。深夜に電話をしてくるな」

「御免なさい」

「御免なさいじゃないんだよ。何を考えているんだ」

谷川麻美が俯いた一瞬の隙を狙って、和夫は女達を見た。近くで見ると、女の一人は脹脛《ふくらはぎ》が杓《しゃ》文字《もじ》のように幅広で今一つだったが、残りの二人は腰の括《くび》れといい尻の張りといい、申し分がない。それに比べて、谷川麻美のひょっとこを思わせる拗ねたような顔と、旋毛の辺りに数片のフケのような白い物が付着した頭とを見て、彼はげんなりした顔で煙草臭い鼻息を吐き出し「俺達は暫く会わない方がいいかもな」と言った。

するとと谷川麻美はキッと顔を上げ、睨み付けてきた。

「何だ、その顔は？」

「私にもモーニングを買って来て頂戴」

「何を言ってる。自分で買って来い」

「チクにはいつ行くの？」

「しっ。大きな声を出すな」

「チクにはいつ連れて行ってくれるの？」

「黙れ！　……Aセットでいいのか？」

「いいわ」

赤根和夫は仕方なく、注文の列の一番後ろに並んだ。先客は四人いた。

この店は、会社の最寄り駅の前にある。

会社の誰かが店に入って来れば忽ち二人一緒にいる事が知られてしまうが、にも拘わらず彼らは時々ここで朝の時間を共に過ごした。経験上、会社の人間でこの時間帯にこの店を利用する者はいないと分かっていた。しかしいつ誰が入って来てもおかしくはなく、和夫はそこにスリルを感じていた。ばれては困るが、ばれて欲しいような気もどこかにはあって、誰も見た事がない同僚の女の裸体を自分だけが隈無《くまな》く知っているという事実を、誰かに羨んで欲しいという歪《ゆが》んだ欲望があった。

しかしカウンター席に腰掛けた谷川麻美の猫背気味の痩せた後ろ姿を二人の若い女の張りのある体と見比べている内に、誰も羨んでくれそうもない気もして、すると混んだ店の列に並んでいる事にどっと疲労を感じて無性に煙草が吸いたくなった。

その時突然、彼の頭を例の感覚が襲った。

忽ち店の客と彼との間に、喫煙室のガラスのような隔たりが生じた。

和夫は盛んに瞬きをした。

「ダニエル・S」の店内は、テーブルや椅子、床や天井に至るまで、ニスで塗られたウッドスタイルで統一されている。眺め回すとそれが如何にもわざとらしく思え、「何だ、これでもウエスタンな雰囲気を出しているつもりか」と彼は呟いた。自分の独白が他人の声のように聞こえる。

前にいた中年女が振り向き、鮒《ふな》のような目で見てきて、まるで漫画のようだ。谷川麻美の後ろ姿は背を丸めたアメリカザリガニを思わせ、彼女に餌を運ぶ自分は、いずれこの女の殻を毟り取り、その身をフライにして食べてしまうのではないかと思った。美人だと思っていた二人の女は安物のオモチャの人形に見えてきて、その皮膚はビニール製に違いない。であるならば、谷川麻美の方が食える分だけましではないかとも思う。

あらゆる物が作り物めいていた。

何より作り物っぽいのは注文したAセットの食パンで、それは六枚切りの二枚を対角線に切った食パンにたっぷりとバターが塗られた代物だったが、どう見てもスポンジで作られた模造品だった。

「買って来たよ」

「有難う」

スポンジを平然と齧《かじ》って食べ始める谷川麻美を、和夫は観察した。誰にも悟られないように自然に食べている風を装ってはいるが、本当は喉に閊《つか》えて苦しいのではないか。

「美味いか？」

「別に」彼女はアイスコーヒーを一口飲んだ。

「四百五十円だよ」

「何よ。奢《おご》ってよそれぐらい」

「強気だな」

谷川麻美は窓の外を見た。

「見て。北岡課長よ」

駅舎から出て来た北岡課長が、窄めたビニール傘を手にしてこちらに向かって歩いて来る。そして駅前ロータリーのバス乗り場の辺りで立ち止まると、ビニール傘をライフル銃のように構え持った。側を往く通行人が、尖った傘の先端部を大きく避けて行く。

「何をしているのかしら」

「警戒しているのさ」

「何を警戒しているの？」

「敵だろ」

「敵って何よ」

北岡課長は、傘の先を忙《せわ》しなくあらゆる方向に向けた。それが真っ直ぐに「ダニエル・S」の二人に向けられた瞬間もあったが、和夫と谷川麻美に気付いた様子はない。次第に、北岡課長を遠巻きに避けて行くΩ型《オメガ》の人の流れが出来始めた。

「敵って何なの？」彼女が繰り返し訊く。

「お前、昨夜声が聞こえたんだろう？」

「ええ」

「それが敵じゃないのか?」

「あんなの幻聴よ」

「それで身の危険を感じて、感染したと思って電話してきたんだろ?」

「ええ」

谷川麻美は黙り込んだ。

「デザイン事務所の若島清二はチクの人間だが、しかし濃厚な接触がない限りまず感染はないよ」

和夫はそう言いながら、朝陽を受けて薄っすらと光る谷川麻美の口髭を凝視した。少しずつ、この女は本物だろうかという疑念が芽生えつつあった。

「家に来たかも」

「何だって?」

「家に入って来たかも知れない」

「若島清二がか?」

「ええ」

「見たのか?」

「いいえ。でも、私一度裸で家の外に出たから、その隙に家の中に入り込まれたかも知れないわ。眠っている間に何かされてたら、何も分からないでしょ」

「急に嫌に冷静な言い方になるじゃないか」

和夫のズボンの中で、一物が一回り大きくなった。

「どうして裸で外に出たりしたんだ？」

「家の外に人がいないか確認に出たのよ」

「バスタオルも巻かずにか？」

「ええ」

「誰かに見られなかったか？」

「分からないわ」

「それっておかしいだろ」

「ええ。でも、よく覚えてないの」

よく出来ている、と和夫は思った。谷川麻美には確かに、こういう、どこか返事を曖昧にして相手に気を持たせようとする癖がある。「分からない」「覚えていない」「気付かなかった」などと言って明言を避け、それによってこちらの想像力を刺激して嫉妬心を煽り、男を繋ぎ止めようとする彼女の本能的な戦略である。それが本物そっくりで感心したものの、矢張りどこか、何かが違っている気がした。それは何だろうか。

北岡課長はまだ同じ場所に突っ立ったまま、見えない敵に傘の先を向けていて、それはオモチャの兵隊のように見えた。その北岡課長を指差しながら、何か盛んに喋っている中年女もいる。

空は晴れていたが、『午後からは雨になるでしょう』と朝の天気予報は告げていた。

「あなた、いつもと違うわね」

谷川麻美にそう言われて、和夫は小首を傾げた。

「何が?」

「何がって、特に分からないけど」

「本物の僕ではないという感じかい?」

「本物とか偽物とかって一体何なのかしらね。ふふ」

「何がおかしい?」

「あなた、頭がおかしいんじゃない?」

「何の話だ?」

その時和夫は自分が、手に持った紙コップから、サンドイッチの上にアイスコーヒーを注いでいる事に気付いた。アイスコーヒーは一旦弾かれて盆の上に溜まった後、サンドイッチの底へと徐々に吸い込まれていく。どうして自分がこんな事をしたのか分からない。そして、自分がした行動の理由が分からないという事は、かなりまずい事だと思った。

「僕はそろそろ行くよ」

「ええ。私……」

「何だ?」

「私、大丈夫かしら」

和夫は「ふ」と笑って一足先に店を出た。振り向くと、ガラス越しに谷川麻美の姿が見えた。何のつもりか少し股を開いていて、股の奥に微かにパンティが見えている。色は白ではなくベージュであった。周囲に気付いている人間はいないかと見回すと、北岡課長が物凄い形相でその股間を凝視していた。

彼女はわざと北岡課長に見せているのか。

谷川麻美は俯いて盛んにスマートフォンを弄っている。この女は、こんな事でもしないと男を夢中にさせる事が出来ない一種の宇宙生物なのだ、と和夫は思った。

二

北岡課長が、谷川麻美を含めた「ダニエル・S」の客数人を傘で刺したというニュースを和夫が知ったのは、他の社員同様、昼のテレビのニュースによってだった。いつまで経っても会社に姿を現さない谷川麻美に何度も電話したが繋がらず、彼女が北岡課長と二人で会社を無断欠勤してホテルで交接しているという妄想に、彼は午前中いっぱい苦しめられた。管理職は早い段階でこの事件を摑んでいたらしく、ニュースを見た社員に即座にマスコミに対する緘口令《かんこうれい》が敷かれた。一部に矢張り谷川麻美と北岡課長との不倫関係を巡る噂が存在したらしい事を、和夫はこの時初めて知った。

「まだ谷川が新入社員だった頃の話らしいぜ」と、同僚の蜷川《にながわ》は言った。

という事は、自分の知らない二十二、三歳の頃の谷川麻美の若い体を、北岡課長は知り尽くしていたという事になる。和夫は猛烈な嫉妬を覚えた。谷川麻美と初めて関係を持った二年半前は彼女はまだギリギリ二十代だったが、元々浅黒いその体は、乳首や肛門周り、陰唇に、既にかなりの色素沈着が見られた。二年半で五百回という交接回数はまさか北岡課長に負けてはいまいが、数え切れないほど嘗め回してきた彼女のあらゆる秘部が既に彼によって嘗め尽くされており、その為に色素沈着もしていた事を思うと、身を焦がすような腹立ちが湧き上がって来る。それは、何も分からない新入社員を言葉巧みに誘惑した北岡課長に対する腹立ちと言うより、コピー室で北岡課長に乳房を触られたなどと平然と言ってのける谷川麻美に対する怒りであった。そして、恐らく自分以上に、北岡課長は谷川麻美を許せなかったのだろうと察しが付いた。

「谷川さんの怪我の程度は、全治二週間ほどと聞いております」

専務はそう報告して、落ち着いて通常の業務に当たるよう全社員に指示した。

和夫はデスクに向かい、パソコンの黒いマウスを眺めた。

このマウスに自分の脳が齧り取られ、解読された情報が、マウスのコードを通じて全ての社員のパソコンへと漏れていくのをどうやって防いだらいいのかと、彼は真剣に考えた。それは彼の考えが、全社員の知るところになるという恐ろしい事態を意味した。

彼の考えとは谷川麻美の体の記憶であり、それは彼女の尻の弾力、彼女の大転子の膨らみ、彼女の円柱形の黒ずんだ乳首、彼女の薄く柔らかい脛毛、彼女の汗ばんだ首筋、彼女の新幹線の先頭車輛を思わせる脹脛の形、彼女の脂ぎった耳殻、亀頭に感じる彼女の口内の上顎のギザギザ、彼女の乾燥した掌、彼女の健康的な爪、彼女の艶のある芯の太い髪、彼女の細い二の腕などだった。

駅前には交番があり、「ダニエル・S」のスタッフや客に取り押さえられた北岡課長は、警官に現行犯逮捕された。自分が店を出たすぐ後にそんな事件が発生していたのである。

さっき食べた弁当の唐揚げの中には、小さな粒が混入していた。彼はそれをガリッと噛んで呑み下した。しかしよく考えると、あれは妻の直美が入れた超小型盗聴器か発信器のようなものではなかったろうか。昨夜の電話で、谷川麻美との関係がまだ続いている事を直美に知られてしまったに違いなく、その可能性はあった。いやしかし、もし直美にそんな気があれば、彼の持っているスマートフォンからでも位置情報は分かる筈である。米粒ほどの大きさの小型の発信器など、そもそもどこに売っているのか。ではあの粒は何だったのか。まさか毒薬ではあるまいな。

時計を見ると、まだ昼休み終了までに五分あった。

彼は席を立ち、喫煙スペースに向かった。さっき吸ったばかりだったが、兎に角何かで気を紛らわせたくて仕方がない。じっとしていると疑心暗鬼が広がって、世界がどんどん奇怪で見慣れないものになっていくような気がした。

喫煙スペースの広さは、三畳ほどの広さしかない。中央に煙草専用の空気清浄機が置かれて、窓からはビル街が見下ろせる。先客が一人いた。

「ギリギリの時間ですね」

「まだ五分ある」

「三分しかありませんよ赤根さん」

話し掛けて来たのは入社三年目の木山という若者で、ろくな物を食べていないような頬のこけた顔が、キリギリスを思わせた。和夫は煙草に火を点けた。眼下のビルは、窓ガラスに描かれた絵のようだ。

「赤根さんは、谷川さんと不倫してるんですよね」

和夫は木山を睨み付けた。

「何だそれは」

「皆知ってますよ」

「そうか」

「無防備過ぎですよ」

木山の態度に、しかし責めている印象はない。まるで天気の話でもしているかのような今時の若者らしいクールさに、和夫は救われる気がした。しかしその一方で、自分の迂闊《うかつ》さに呆れた。上手くやっているつもりだったが、矢張り皆知っていたのか。

「マウスか？」と和夫は訊いた。

「は？」

「マウスからの情報か？」

「マウスって何です？」

「パソコンのマウスだよ」

木山は肩を竦めた。そして煙草を灰皿の水に落とすと、「もう時間なんで」と言い残して、喫煙スペースから出て行った。時計を見ると、十三時丁度である。

谷川麻美との関係が周知の事実なら、専務から呼び出されて事情を聴かれる可能性がある。コンプライアンスの徹底が言われている中で、社内不倫は大きなマイナスポイントになるだろう。

和夫は大きく肺を膨らませ、太い煙を吐き出した。

それにしても、どうしてばれたのか。

谷川麻美が時々城嶋専務と言葉を交わしていた光景が、ふと目に浮かんだ。その時の彼女の顔には、どこか高揚した感じがなかったか。忽ち、ひょっとすると谷川麻美と城嶋専務は出来ていたのではないかという疑念が湧く。しかし、どちらかと言えばその方が好都合かも知れない。よく考えると、木山の表情もどこか不自然だった。あの顔は、谷川麻美と何度か寝た男の顔ではないか。彼女と寝た男は、どこかくすんだ顔色になるようだ。北岡課長といい城嶋専務といい、そして木山といい、皆冴えない顔色をしている。そして彼自身も。

和夫は二本目の煙草に火を点けた。喫煙スペースの壁に貼られた「勤務時間内禁煙」と書かれた紙は、ヤニで酷く黄ばんでいる。

ややこしい事にならなければいいが、と和夫は思った。

その日、何度か城嶋専務が総務課にやって来たが、声を掛けられる事はなかった。十五時の十分休憩の時も、十七時十五分以降も、喫煙スペースに木山は姿を現さなかった。木山は嘘を吐いたのではないか、と和夫は思った。和夫と谷川麻美との不倫関係を疑っている木山が、鎌をかけた可能性はある。自分は彼に何と返答したのだったか。和夫は記憶を辿った。「そうか」とは答えたものの、不倫関係を認めるような言葉は吐かなかった筈だ。たとえICレコーダーで録音されていたとしても、決定的な言質は取られていないに違いない。「そうか」という言葉は、「君はそんな事実無根の噂を信じているのか」という意味だったと言い逃れる事は、恐らく可能だ。今日は早仕舞いしてとっとと家に帰ろう、と彼は思った。

その時、総務課の端の島から、悲鳴のようなものが上がった。

見ると中嶋という若い女性社員が、「嫌っ！　嫌っ！」と叫びながら自分の机の上のパソコンを両拳で叩いていて、周囲の社員がそれをぼんやり眺めている。中嶋敏子《としこ》は大人しい性格の色白で華奢な女性の筈だ。一体何があったのか。自分以外の誰かが問題を起こす事を歓迎する気持ちが、和夫の頬を忽ち緩ませた。総務課のどの顔も、一向に叩き止めない中嶋敏子を、まるで歓楽街の大道芸でも見るように、関心と無関心との中間辺りの眼差しで見ていた。誰も止めに入らない。

　そして次第に、和夫は分かってきた。

　誰もが中嶋敏子の狂態を、何か夢のような、現実味の伴わない幻想のようなものとして眺めているという事が。それはこの日ずっと彼を支配している非現実感と、恐らく同じものであるに違いなかった。もしもこの場で中嶋敏子が自殺を図ったとしても、周囲の人間はそれをどこか遠い世界の出来事のようにしか捉えられず、じっと最期まで眺めているだけだろう。彼女がこんなにも荒れているのは、総務課の中で彼女だけが、この非現実感に抵抗しているからではなかろうか。それは彼女の性格の故であろう。中嶋敏子は見掛けは妖精のような神秘性を漂わせつつ、実際は極めて現実的な人間で（それは何度か彼女と言葉を交わせば分かる事だ）、周囲の全てが作り物のように思えるこの奇妙な事態を受け容れる事が出来ないに違いなかった。しかし総務課の殆どの人間は、今のところ事態を静観するだけの余裕を持っているらしい。しかしそれも時間の問題なのではなかろうかと、和夫は思った。彼自身、そろそろこの馬鹿げた非現実感には飽き飽きしていた。もしこれが一過性のものでなく、ずっと世界がこんな紙芝居のようなものであり続けるなら、彼も又中嶋敏子のように暴れ出さないという保障はどこにもない。

　最も考えたくないのは、これがチクから来た若島清二による感染の結果だという事である。若島清二の体臭が甦り、胃が縮まった。

　彼は妻の直美と娘のレナの事を思い、スマートフォンを手に取った。

三

土曜日の朝、レナは母親の直美に叩き起こされた。すぐに出掛けると言う。

「どこに行くの？」

「チクに行くのよ」

「どうして？」

「もう、どこにいても同じだからよ」

「お母さん、声が大きいよ」

「あなたの声が小さ過ぎるのよ」

この数日来、両親の様子がずっとおかしい。母親は殆どパニックに近く、父親の和夫も時として爆発した。小学四年生の彼女ですら、彼らの言葉の応酬が論理性を欠くものである事が分かる。

それは例えばこんな風だった。

「あなた、あの女の事で北岡課長の嫉妬を買ったのね」

「馬鹿言うな。あれは彼らの二人の間の事で、僕には無関係だ」

「それなら、どうしてあの女が家のお風呂にいたのよ！」

「それは君の頭の中の妄想だ」

「妄想なら、どうして私の髪の毛があいつの髪と入れ替わってるのよ！」

母親はそう言うと自分の髪を引っ張り、プツプツと嫌な音を立てて抜けた数十本の髪の毛を、テーブルの上の父親の御飯や味噌汁の椀の上にばら撒いた。

「これはお前の髪の毛だろうが！」

「私の髪の毛はこんなに太くないわ！」

「今目の前で抜いたじゃないか！」

「だから、あなたのせいで、あいつの髪と入れ替わったって言ってるでしょう！」

両親のこんな遣り取りを目の当たりにしながら食べる夕食は、何の味もしなかった。レナは極力両親と距離を置いた。しかしおかしいのは、親だけではなかった。

学校でも教師達の間に、不穏な空気が流れている。

数日前、担任教師の池上徳子は帰りの会で、突然こんな事を喋り始めた。

「皆さんの中には、私が四十五歳で独身だという事について疑問を持っている人がおられるかも知れません。しかしこれは或る意味、子供の頃から優秀な成績を維持し、有名大学を二番で卒業した私のような才媛（サイエンというのは、私のような学問と才能に秀でた優れた女性の事をいいますよ）にとっては、決して珍しい事ではありません。優秀な人間は孤立しがちであるという事を、皆さん覚えておきましょう。ね。覚えておきましょう。なぜなら、どうですか？　はあ？　周りを見て！　一体どこにいますか？」

彼女はミュージカル女優のように両手を拡げ、上手から下手に向けて腕を大きく振り回した。

「どこにいますか、素敵な男性が！　私に釣り合うような立派な男が、こんな地方のちっぽけな小学校に、そんなスターがいる筈がないじゃないですか！　こんな漫画みたいな世界に。しかし私にはスターしか釣り合わないのよ！　こらそこ！　山口、斉賀、岸上、何を笑ってる！　摘み出すぞゴルア！　三組の担任の南出隆《たかし》を見てみろよ、あの野蛮人。脳味噌まで筋肉で出来てるんじゃないのか！　馬鹿のくせに、しょっちゅう色目を使いやがって。それから二組の堅田健《けん》！　私の尻を見て、チンポ立ててんじゃねえよ！　猿かよ！　はあっ!?　ここから出せよ、おいっ！　何なの皆さんのその目は！」

レナは担任のこの独演を聞きながら、そこに母親と同じものを見た。ミキちゃんも、ユウキちゃんも同じ事を言っていた。大人達がキレているのだ。彼らは揃って、何か恐ろしい目に遭っているらしかった。その恐ろしさから逃れようとして、普通では考えられないような醜態を晒《さら》しているのである。二組の担任の堅田健先生は、確かに教室でジャージのズボンを下ろし、児童の前で性器を露出させたらしい。それをスマートフォンで撮影した児童がいたが、そんな画像は既にインターネット上に溢れ返っていて珍しくもなかった。

テレビのニュースも大して役に立ちそうになかった。「こんな所にずっと閉じ込められているぐらいなら、もうこの仕事は続けられません」と泣き出す女性アナウンサーを見て、レナはやばいと思った。昨日辺りから、テレビは旧いドラマや静止画と音楽を流しているだけで、新しい情報は手に入らなくなっている。唯一信頼出来るのは未成年者が発信するネット情報だったが、それも大人達の異様な行動のオモシロ動画などに終始し、原因や対策といった最も知りたい情報については余り役立たなかった。「チクに行けば全てが分かる」という情報には、未成年に成り済まして大人が発信している可能性があって信頼出来なかったが、レナの両親はこれに飛び付いた。何せチクには、六十二歳の祖母の向坂清子《きよこ》が住んでいるのだ。身内が住んでいるという事が、彼らをチクに一層惹き付けたに違いない。彼らは最早一刻も「今ここ」に留まっていたくないのである。

あらゆる情報を総合すると、大人達が口を揃えて訴えているのは、「ここから出してくれ」という事らしかった。彼らにとって世界は牢獄のようなもので、平板で、二次元的な空間なのだ。「漫画の中に閉じ込められている」とか「絵の中から出られない」などという訴えが、最も一般的だった。

未成年でも、高校生ぐらいになると「感染」してしまうらしく、高校二年のミキちゃんの兄は金属バットで部屋の壁を叩きまくっていて、「怖くて堪らない」と言いながら彼女は泣いた。

「行くわよ」と母親の声がした。

「朝ごはんは?」

「車の中で食べなさい」

「レナ、言う通りにしなさい」と父親が言った。

赤根家の赤い車は、以前と同じ道を走った。レナは、母が作ったスライスチーズにマヨネーズを掛けただけのサンドイッチを頬張りながら、缶コーヒーを啜った。途中、二つの交通事故を見た。もし世界が二次元にしか感じられないとすれば、遠近感が失われて、事故が起こるのは当然だと思われた。ハンドルにしがみ付くように運転している父親は、妄念を払い除けるかのように繰り返し頭を振っている。助手席の母親は両手で顔を覆って何度も深い溜息を吐き、時折顔を上げて「危ない！」と叫んだ。その度に父親は「うるさい！」と言い返す。

「お前は誰なんだ！」

「あんたこそ、何なのよ！」

二人の会話は益々《ますます》意味不明なものになっていく。恐らく自分の事も、娘だとはもう信じてくれていないのだろうとレナは思った。自分も大人になれば彼らと同じ症状が発現するのだろうかと彼女は考え、もしそれまでの今後数年間このような現象が続けば、恐らくこの国は終わってしまうに違いないと思った。

窓の外には、世界の終わりを予兆するような、既に普通でない光景があちこちに見られた。殴り合いをしている大人がいた。車道に寝転がっている背広姿の男もいる。店の商品を次から次へと歩道に投げ出している八百屋の主人は、「食べられるもんか！　こんな物！」と叫んでいる。電信柱にしがみ付いている中年女、マンホールに耳を付けて下水の音を聴いている男（きっと宇宙からのメッセージを聴き取ろうとしているのだ）、ポストの脇で半裸で抱き合っている若い男女。一見普通に歩いているようでも、よく見るとその顔は苦悶に歪んでいたり、諦めたようにヘラヘラしていたり、何かとんでもない企みを考えているような悪い顔付きだったりして、人々はそれぞれの苦しみの渦中にある事が分かってレナは大きな不安を覚えた。

黒い煙が上がっているのは、川向こうの工場だろうか。

こんな状況では、遠からず怪我人や死人が出るに違いない。今はまだ辛うじて理性を保っている人々も（まさしく彼女の両親がその境界線上にいると思われた）、やがて忍耐の限界を迎えて爆発するのは目に見えている。そうなると、自分の身も危険であった。真っ先に自分に危害を加えてくるのは、娘を護るべきこの両親かも知れないのである。

後部座席のレナは、前の二人が突然襲い掛かって来た場合を頭の中でシミュレートした。ドアロックを解除し、足許の床に溜まった砂をこっそり手に取るのだ。いざとなったらこの砂を親の顔に投げ付けて目潰しを食らわせ、ドアを開けて逃げるしかない。

正午近くになった頃、「畜生！」と父親が叫んだ。

見ると目の前の道が、渋滞している。それは、チクへと至る農道だった。

ホンモノの波

一

「降りろ」

父親がそう言った。

「降りてどうするの？」

母親が忽ち不快感を顕わにする。レナが後部座席から後ろを振り向くと、後続の車がぴったりと後ろに付けていた。車間距離が殆どない。三十代ぐらいのその白いバンのドライバーはレナの顔を見ると眉を段違いにし、顎をしゃくって「何だお前は」という顔を向けてきた。小学四年の小娘に対して敵愾心《てきがいしん》を剝き出しにする見知らぬこの大人に、レナは恐れと同時に哀れみを感じた。

大人達は何を必死になっているのだろうか。何か見えないモノに対して恐れを抱いているらしい彼らは、その恐怖の原因を何かのせいにしたくてウズウズしているように見えた。皆、そのために立ち入り禁止区域であるチクに来たのだろうか。恐怖を怒りに変えて、その怒りをぶつける相手を探している事は間違いない。恐らく見た目よりずっと小心者に違いない後続車のドライバーが、突然後ろを振り向いた小学生を不気味に思い、魔女だと断定したとしても不思議はなかった。車を降りた途端、男は車から飛び出して襲い掛かってくるのではないか。その時両親が果たして自分を護ってくれるかどうかも、大変心許ない。父親が、雑木林の草木を踏みながら路肩に車を寄せ始める。すると男は怒ったようにエンジンを噴かして車を真横に付け、赤い車の中の赤根一家の三人を燃えるような眼差しで睨み付けた。その後ろには瞬く間に後続車が車間を詰め、赤根家の車はもう二度と車列に戻れなくなった。

「降りろ！」父親が叫ぶ。

「こんな場所で降りてどうするのよ！」と母親。

「歩くんだ」

外に出ると、農道にびっしりと並んだ車が前後方に果てしなく伸び、遠くでクラクションが鳴っている。その時さっきのバンが、一台も車が走っていない対向車線に躍り出たかと思うと爆音を上げながら走り去って行った。それは恰も父が停めた車を避けたら否応なく対向車線に飛び出してしまい、元の列に戻れずそのまま走らざるを得なくなったと言わんばかりのわざとらしいハンドル捌《さば》きだった。緩い下りの道を、白いバンはどこまでも走り去っていく。行儀良く並んだ列から飛び出して追随する車は一台もなく、彼らは自ら人々の憎悪の標的となってしまったバンの運命をじっと見守っていた。

「どこに行くの！」母親が叫んだ。

「近道だ！」

父親が、雑木をバリバリと掻き分けながら林の中に踏み込んで行く。母親がレナを振り向いた。母親の視線はしかし娘ではなく車の列に向けられていた。レナもそっちを見た。全ての車の人間達が、路肩に不法駐車して走行の邪魔になっている赤い車に対して恨みの視線を向けていた。自分達家族も、あの白いバンの男同様に人々の憎悪の対象になっていた事に気付き、レナは慌てて雑木林に逃げ込む母親の尻を追った。

雑木林は小高い丘になっていて、木の幹や蔓《つる》を摑んで体を引っ張り上げないと上れない場所もあった。母親のローヒールの靴と肩に掛けた大き過ぎるバッグはこの強行軍に実に不向きで、彼女が何度も父親に抵抗した理由がよく分かった。一体、あの大きなバッグの中には何が入っているのだろう、とレナは訝った。チクに暮らす祖母に何か持って来たのか。レナは祖母の顔をはっきり覚えていない。最後に会ったのはいつだったか。祖母が赤根家を訪ねて来た時だったか。祖母と母親の会話はどこかぎくしゃくして余所余所《よそよそ》しかったという、ぼんやりとした記憶があった。

「糞っ！」

母親が声を上げた。見ると、彼女が両手を地面に突いて四つん這いになり、右足裏を天に向けている。その下でローヒールが木の根に挟まっていた。

「レナ、靴を取って！」

レナは靴を引っこ抜き、母親に手渡した。肩からずり落ちないようにバッグを気遣いながら靴を履こうとする母親の恰好は、まるでツイスターゲームをしているようだ。

そういえば、チクに行ったと噂されて苛められた木崎ユリカちゃんは、ツイスターゲームが好きだった。ユリカちゃんはあの時、本当にチクに行ったのだろうか。何だか最近の出来事なのに、随分昔の事のような気がした。しかしもう、ユリカちゃんが苛められる事はないに違いない。チクに入ると病気に感染するという話には、既に説得力がないからだ。先生達は以前からチクなどないと言っていた。父親も、チクとそれ以外の地域に境界など存在しないと話していた。チクの人間は随分以前から平然とチクの外に出ていたのだと。ならば感染はとっくに起きていた筈なのに、異変が起こったのはほんのここ数日前の事なのだ。確かにチクなど関係がなかったのかも知れない。だとすればチクとは一体何だったのか。レナは以前ここに家族で来て引き返した時に見た、チクのゲートに立つ監視兵を思い出した。国家は何を隠しているのか。そんな疑念が人々をチクへと向かわせているのだろうか。突然の恐怖と混乱とに駆り立てられて。下を見下ろすと車の渋滞は続いていて、この中にはきっと同じ小学校の児童も交じっているだろうと思われた。

ふと見上げると、木の幹を摑んで立つ父親が遠くにいて、もたつく母娘を苛々した様子で見下ろしている。レナは、父親が女二人を見棄てて一人で行ってしまうのではないかと疑った。あそこに立っているのは単に父親というだけではなく、強い恐怖心に駆られた病人でもあるのだ。

「行ってしまう」母親が呟いた。

「あの人が行ってしまう！」

母親もレナと同じ不安に襲われているようだ。母親はバッグを背中に回し、四つ足で登っていく。ローヒールの中から、踵がパカパカと飛び出していた。

父親は下から登ってくる二人の女を、奇妙な虫でも見るような表情で睨み付けている。もし二体の虫が突然加速して追って来たとしても、すぐに逃げ出せるように体を半身にして。明らかに、怖気《おじけ》付いているのだ。一体彼の目に、自分達はどんな風に見えているのだろうか。すると不意に後ろを振り向いた母親の顔が、父親の顔と同じように恐怖に引《ひ》き攣《つ》っているのを見てレナは驚いた。

両親共に娘を恐れているのである。

「私よ。レナよ」

「嘘を吐け」吐き棄てるような声。

「嘘じゃないわ。レナよ！」

「あっちへ行け！」

すぐ後ろにいる娘の顔を靴で蹴る真似をする母親の哀しい仕草に、レナは唇を嚙んだ。そしてこれは病気のせいだ、本来の母親の姿ではないのだと自分に言い聞かせた。

「人間を最も野蛮にするのは恐怖の感情です。あなた達が、どんな恐怖にも打ち克つ強い人間になってくれる事、それが私の一番の望みです」

おかしくなる前の担任の池上徳子の言葉を、レナは思い出した。正しい言葉だと思った。娘を足蹴にする母親の右足からローヒールが飛び、レナの顎に当たった。その瞬間、母親の顔がハッと我に返った。レナは靴を拾って差し出すと、母親は受け取って履き、レナを見て「何かあったら逃げるのよ」と言った。

「何かって、何?」

「分からない。お父さんもお母さんも病気に罹っているのよ」

「怖いよ」

「自分の身は自分で護るのよ」

レナは母親を見詰めて首を横に振った。

「ううっ」突然、母親の声が野太くなる。遠くなっていく母親の視線を引き戻すべく、レナは「私、レナよ!」と叫んだ。

母親は無言で娘に向かって土塊《つちくれ》を投げ付けた。小さな粒が目に入り、レナは俯いて瞼を押さえた。母親が四つん這いで斜面を駆け上がりながら遠ざかって行く衣擦れの音を、レナは涙を流しながら聞いた。両親とは少し距離を置いて随いて行った方がよい、と思った。

下の車道は雑木に隠れてもう見えなかったが、間歇的《かんけつてき》なクラクションの音に重なるように叫び声がしたり、ドンッという音が空気を揺らしたりと、不穏な緊張感が漲《みなぎ》っている。レナは、車を乗り捨てた人々が大挙して下から上がって来る事を最も恐れた。標的にされ、追い付かれたら一溜まりもない。ひょっとすると両親も同じ恐怖を感じているのかも知れなかったが、娘が誰かも分からないというのはどう考えても重症である。レナは、家に残っていれば良かったと激しく後悔した。

やがて、木の葉に細かな音が立ち始めた。

雨だった。

今はまだ雑木が雨を遮ってくれるが、雨脚が強まるとそうもいかなくなるだろう。両親の姿は数十メートル先に見え隠れしていて、彼らの間にもかなりの隔たりがあった。互いに信用していない事を物語る距離である。この丘を越えたらチクなのだろうか。そうやって祖母の家に辿り着けば、事態は少しは好転するのか。レナには何も分からなかったし、誰にも先の事など分からないに違いないのだ。

二

赤根直美の主観。

「森に迷い込んでいるんだわ。見て。沢山の植物。そして夥《おびただ》しい数の虫がいる。大小の虫。昆虫と、そして蜘蛛。冷たい粒は雨だ。いつの間にか降って来た。私達の裏をかくようにして。顔に雨粒が掛かっているのよ。針じゃない。冷たい針じゃない。雨よ。蜂の針や毛虫の毛じゃない。そんなものは空から降って来ない。でも、木の上からなら、降ってくるかも知れない。神経毒かも知れない。もう何本か、顔に刺さってしまった。冷たい針か毛のようなものが。顔の神経が麻痺してきたような気がする。きっと気のせいだわ。

レナはどこ？　レナは。後ろから何か追って来る。レナはあいつに食べられたのかも知れない。脚が四本しかない巨大なあの虫は何。レナと同じぐらいの大きさのあの虫。ずっと後を付けてくる。あいつの背後には、繭《まゆ》に包まれた沢山の仲間の虫が道路に列を成して犇《ひしめ》いているのよ。いずれ全て孵化《ふか》してこの山を登って来る。その時の乾いた足音が、早くも耳の中で木霊している。何を言ってるの。単なる耳鳴りよ。しっかりして。

何なのこの大きな鞄。そしてこの忌々しい靴。こんな場所に来ると分かっていたら、スニーカーを履いて来るんだった。和夫はいつもこう。自分のやる事は全て正しいと思っている。今頃私達の車は間違いなくボコボコに壊されてるわ。フロントガラスを割られ、タイヤはパンクして、ボンネットやルーフは凹んでしまっている。どうして待てなかったの。あのまま、他の人達と同じように車の中にいれば良かったんじゃないの。何が『降りろ！』『近道だ！』よ、偉そうに。どうして大切な車を簡単に棄てたの？　和夫は私達を裏切ろうとしてるんじゃないの？　私達をこんな山の中に置き去りにして、甘い匂いの香水を付けたあの女とチクでこっそり暮らそうとしてるのよ。きっとそうだ。あの泥棒猫が、チクのどこかで和夫を待ってるんだわ。予め約束していたのよ。だから和夫はあんなに急いでるんだ。車まで棄てて。見てあの足取り。腰から下は全部性欲じゃないの！　私の分の性欲はどこにあるの！

レナ。

レナはどこなの？

たった今森が動いた。

森の構造が変わったんだわ。気圧と匂いと温度が一瞬で別の組み合わせになったのが、私には分かる。森の中を流れる目に見えない川の流れが変わった。するとほら見て。レナが斜面を登って来るのが見える。あの娘、無事だったんだ。

『レナ！』

レナが顔を上げて、小さく手を振っている。機械のように。

騙されないわ。あれはレナじゃない。良く出来ているけど、レナに似た機械に過ぎない。それも単なる機械じゃない。食人マシンよ。

『お母さん』とマシンがレナの声色を真似て鳴く。

『レナ、どうしたの』そうよ、ここは騙された振りをするのよ。

『お腹が痛いの』

『ティッシュはあるから、その辺でしなさい』

『うん』

レナがパンティを下ろしてスカートを捲り上げる。白い尻がゆっくりと降りて、よく伸びた雑草の陰に隠れた。そう言えば若い頃に丁度こんな場所で、和夫に全裸にされた事があったわ。あの時のセックスは良かったけど、色々な場所が蚊に食われた。もしレナの尻が蚊に食われたら、レナは機械ではないと言えるのかしら。耳元で蚊の羽音がしている。本物のレナに会いたい。

『お母さん』

『何？』

『ティッシュ』

『節約するのよ』

ティッシュを受け取るレナのちょっと馬鹿っぽい表情まで、まあ、何てそっくりに出来ているの。

『お母さん……』

何て情けない顔！　何なのその顔！　あら、血が付いているじゃないの。

『レナ、あなた初潮が来たのよ』機械の潤滑油じゃないの？

『お腹痛い』

『心配ないわ。小児期限切れよ』

『しょうにきげんぎれ……』

『そうよ。これからは自己責任で渡世するのよ』

『じこせきにん……とせい……』

プログラムにない言語を言われて混乱している。それは機械の証拠だ。何なのこいつ。

『行かないで』と言う食人マシンを残して、私は行くのよ。

又、森の構造が変わろうとしている。何か恐ろしい気配がするわ。風が出てきた。この風はとても遠くから吹いてくる。空気のないような場所から。だからこの風は、月や土星の砂や冷気を含んでいる。砂には芥子粒《けしつぶ》より小さな鋭い刃が沢山混じっていて、その刃はドローンのプロペラみたいに高速回転しながら、蚊の羽音のような音を立てているのよ。マイクロ刃の自転タイプだわ。例えばこれが木の幹に当たると、木の皮を薄く剥いでしまう。とても危険な風。この風に当たっては駄目。顔や腕の皮が剥がされてしまう。いや、もう剥がされているかも知れない。雨に濡れて幾分かふやかされた頬や額の皮が、気付かないほど薄くスライスされて既にそこら中を飛び交っているかも知れない。とすれば、私の肉や血の匂いが森の中の隅々にまで拡散している可能性があるわ。嫌よ。そんなの嫌嫌。獣や機械や虫が沢山潜んでいるのよ。連中に簡単に感付かれてしまうわ。私の皮の匂いを吸った森が、私がどこに隠れても蛍光色に照らし出すようなシステムを作り上げようとするに違いないわ。森は何故私に敵対的なの？　何か理由があるの？　きっと何かあるのよ。これは、和夫とあの女の企てに違いないわ。舌がざらざらする。しまった、マイクロ刃が口の中に入った！　舌苔《ぜったい》が削られていく。嗚呼《ああ》、小さな出血が舌のあちこちに！　舌の上に溜まった血は絶対に飲んでは駄目。マイクロ刃が混ざった血なのよ。やがてマイクロ刃が体内で増殖して、内臓を食い破られてしまうわ。でもこの血を口から吐くと、草木や地面の土に染み込んでしまう。そして森全体に私の血液情報が行き渡る。無数の生物機械が、この情報に即座に反応するに違いないわ。すると私は袋の鼠《ねずみ》よ。この窮地に打ち克つにはどうすればいいの。レナは何処？　和夫は？　そして私は何処にいるの？　そうよ。イチジクの実には解毒作用があるわ。探さなければ。イチジクの木を。今は六月？　それとも七月なの？　この弱々しい雨は梅雨の雨なの？　降るならもっと断固として降りなさいよ！　解毒って何の事？　私はやっぱり神経毒に冒されているの？　だからこんなに寒いの？　唇に血の気がない気がする。誰か私を見て。バッグの中に手鏡がある筈よ。でも取り出している暇はない。そんな暇があるぐらいなら、私はとっくにこの森を抜け出している筈だわ。肝心な事を忘れていた！　レナのお尻が蚊に食われたかどうかを私は確認し忘れました。でももう視界からレナは消えている。私はレナを諦めて母に会いに行く。母は私を待っている。私は少なくとも、和夫よりはチクへの道に詳しい。私はチクで生まれ育ったのよ。和夫なんかに負けるものですか。何かが私を手招きしているわ。あれは何？　グローブのような大きな手が『おいでおいで』をしている。幾つもある。あれはきっとイチジクの葉だ。実も沢山実っているじゃないの。あれを食べて解毒するのよ。そして、この馬鹿げた捏造世界から抜け出すのよ」

直美は殆ど移動しておらず、地面に手を突いて四つん這いの姿勢のまま、ずっとブツブツと独り言を呟いているだけだった。その母親の姿を、地面に座り込んだレナが心配そうに見詰めている。レナの父親の和夫も又、彼女達から二十メートル程離れた場所で蹲《うずくま》り、両手に土を握り締めて虚空を睨み付けながら延々と何かを呟いていた。雨脚が次第に強まって、雑木の丘はティンパニを連打するような音を立て始めた。丘を覆った雑木も、雨粒からこの赤根一家を護り切る事は出来なかった。彼らの髪の毛は水を吸って重くなり、服は背中に張り付いた。バッグを載せた直美の背中だけがまだ乾いていたが、濡れるのは時間の問題である。

彼らの数十メートル下には、車を棄てて歩く事を選んだ人間達の一部が斜面を登って来ていた。それは数人のグループだったが赤根一家の存在には気付いておらず、そんな事よりも自分達の問題で手いっぱいの様子で、屈強な体を持った三十歳ぐらいの男は「体を固定しないと危ない。体を固定しないと危険だ」と繰り返し周囲に呼び掛け、彼の妻である女は夫に向かって「やめて頂戴！　そんな事をしてもこの森からは逃れられないのよ！」と叫んでいる。彼らの子供である男子はレナと同じ学校の小学三年生で、目の前で両親が繰り広げる恐らくは何の意味もない言葉の応酬を不安げに眺めていた。レナは後ろを振り返り、そこに人の気配を感じて怖くなった。どんな人間が登って来るのか分からない事も恐ろしかったが、彼らの存在を知った両親がパニックに陥るのではないかという恐怖の方が一層大きかった。

三

赤根和夫の主観。

「雨と見せ掛けて、何かが頭の中に入って来ようとしている。何か、冷たく固い物だ。頭の芯がキンキンする。これは痛みか。それとも嘗て味わった事のない新しい快感の一種か（確かに、爽やかさのようなものがないではないぞ）。侵入して来るのは、或る種の線虫のような生き物か。地球外の生物か。支配が目的か。俺を支配しようとしているのか。俺の脳内を読み取ろうとしているのか。線虫ごときに下等な生物に、俺の何が分かる。俺は複雑なんだ。畜生、少しずつ記憶が読み取られていく。あれは何だ？　真っ暗の地下室。小さな鉄扉の向こうから声がする。『鼠がウジャウジャいるよ！　鼠に齧られるよ！』と。これは母の声だ。俺は閉じ込められていたのだ。父の会社の社宅だった団地の地下室に。俺は何か母を怒らせる事をした。火遊びだったか、喧嘩だったか。そうだ、スーパーで万引きをしたのだ。トイレットペーパーを盗んだのだ。そんな物は欲しくも何ともなかったのに、友達に一角の人物と見なされたくてついやってしまったのだ。母はいつも正しい。自分の子供が万引きをしたなら叱るのは当たり前だ。しかしその叱り方が、常に僅かに度を越していた。それが度々俺の脳に小さな傷を付けた。何度叱られても俺はコソコソと悪い事をしたから、時に体罰を受け（母は必ず頭ではなく尻を叩いた）、時に食事を抜かれて、その度に脳の傷は増えていった。待てよ。食事を抜く時の母のあの意地悪な顔は、レナの食事を抜く直美の顔にそっくりだ。直美は俺の母親にどこか似ている。そうか。だから俺は直美と結婚したのか。そして俺が直美に隠れてコソコソと悪い事をするのは、俺がずっと子供の頃のパターンを繰り返しているという事なのか。どうしても関係が切れない谷川麻美という女！　顔はアンソニー・クインのくせに、エロい体しやがってあの野郎。

『あなた、甘い匂いがするわよ』

線虫が喋った！　他人の脳の中で勝手に喋るな！　しかも声は直美ではないか！　直美が俺の考えを読んでいるのか。もしそうだとすれば、俺はどうやってこの先、独立した人格として生きていけばよいのか。秘密を持てない人間など、果たして個人と言えるのか？　しかし俺は気付いているぞ。直美の脳の中にも線虫が潜んでいる事を。そして彼女の脳に巣食っているその線虫が私自身だという事を。チューニングを合わせるだけで、俺は直美の考えている事が分かるのだ。

『あの泥棒猫が、チクのどこかで和夫を待ってるんだわ』

泥棒猫とは麻美の事だ。かように、俺の考えを読んだ直美の考えを、俺は読むわけだ。

だがこんな事は全て嘘っぱちの妄想だ。俺が頭で考えている事の全ては『ホンモノ』からの逃避であり、恐怖を少しでも麻痺させようとする防衛反応に過ぎない。怖いからこそ、思考を止められないのだ。もし少しでも考えるのを止めたら、『ホンモノ』がいちどきに脳内に流れ込んで来る。『ホンモノ』に直撃されたら、小さな傷が全て繋がって脳は忽ち破砕してしまうだろう。何度もその恐れがあったのを俺はギリギリで回避し続けてきた。一瞬の気の緩みが命取りになる。俺はまだ狂っていない。しかし直美は既に『ホンモノ』に呑まれてしまったのではないか。レナはどうか？　レナについては分からない。レナは元々半分狂っているような奴だったから存外平気かも知れない。或いは子供だからか。しかし直美は目の焦点が合っていない。『ホンモノ』は言葉で説明出来ない暴力的なエネルギーだ。身を任せたら死ぬ。もういっその事脱力して『ホンモノ』の波に呑み込まれてしまいたいという誘惑に絶えず駆られる。呑み込まれたら終わりだ。尾が割れてしまう。手品師のスティックから色とりどりの花が咲く。しかし、兎の白と鳩の白との競い合いに金貨を賭ける人々がいる。シルクハットからは何でも出てくる。火山からはマグマが噴き出す。皮膚からは神経線維が這い出す。肺出す。剥いだスメラミコトが肺出す。肺出して河で洗う。戦場する。殺し合う。叩いて伸して丸めて棄てる。征露する。征米する。亜米利加大陸を横断する。グレイハウンドバスのバスディーポに潜む追剥にバックパッカーがリュックサックを盗まれる。リュックサックの中には追剥が入っている。リュックサックが裏返ると追剥も裏返り、汚い肺を出す。汚い肺を河で洗う。船上に這い出す。船は氷山を砕いてどこまでも往く。船はシロナガスクジラを発見する。シロナガスクジラは兎の白と鳩の白を流す。海が白くなる。白い海に肺出す。煙草のヤニが白い海を茶色に染める。膿が出る。海が膿に倦んでウミウシが産み出されて岩の上に肺出て飢える。おい。いい加減にシロ・ナガスクジラの尾が割れて戦国武将が肺出す。沢山の肺が船上で煽情し合いながら動的平衡を保つ。平行棒のタモツさんの得意技は全身の筋肉の緊張と弛緩と動的平衡。タモツさんの本名はドウテキタモツ。ドウテが姓でキタモツが名。愛称はタモツさん。誰か珈琲を淹れてくれ。珈琲の支払いは当然公費で為されるだろう。敷地内でこっそり煙草を吸う悪い役人は肺気腫。肺気腫の肺胞は潰れていて再生しないから肺出す。返事に「ダス」を付けると「はいダス」。ええ、そうダス。排ガス。燻り出すエクソダス。ダス・マン。

ハイデッゲル。座員・運と・津ぁ糸。第五章第三十八節「転落と被投性」。テレクラに火通せよ。お前デカルト僕ショーペンハウエル、あの人サルトルこの人五輪真弓。矢張りネアンデルタール人は生きていた！　現生人類より頭が大きく、道具も使って言葉も喋っていたよ。彼らが作った商品が届いた。商品を取り出す際は、接着剤が商品に付着しないよう、ＱＲコードを読み取って、ダンボールの中で七年も生きるという紙魚《しみ》にご注意の上、接着剤で台紙を商品にしっかりと固定して台無しになすって下さい。おい。珈琲はまだか。眩暈する心地がしてフル勃起しません隊長。次第に息も苦しくなって痰出し唾出しやがて肺出す。いよいよの時はキャタピラーを使って泥濘《でいねい》から丁寧に這い出す。死ぬまでは生きねばならないから戦車の砲塔を回して戻して狙いを定めて敵を討つ。砲撃の反動で顎に怪我。男でも女でも顎に毛蟹。

待てよ。俺はさっきからずっとどうしてこんなにも冴え渡り、こんなにも天才的なのか？　直美はどこだ？　レナは？　俺の大切な家族はどうなってしまったのか？　一家の大黒柱として俺には家族を護る義務と責任があるのだ。畜生。全てはあの女のせいだ。頭が上手く働かない。一体どこに隠れているのか。どうしてこういつも頭よりも下半身の活動電位が高まってしまうのか。谷川麻美の大転子の張り出し。熟成庫に吊り下げられた冷えた牛肉を思わせる尻肉の冷たさ。パシーンッという固柔らかな打擲《ちょうちゃく》音。石油コンビナートのタンクを思わせる精確な円柱体としての乳首の屹立とそこに漲る傲慢な自己主張の胡散臭《うさんくさ》さ。陰唇と同じ形をした唇の淫猥《いんわい》さ。股間に開いた二つの孔とそれぞれの匂い。肛門花火の連射による微粒子の放射。鼻腔粘膜への大小様々の匂い物質の着床と神経パルスの伝達。喉チンコ／除夜の鐘撞《つ》く／短小棒。今年も徒死する人間が沢山出ますように。アーミン。オコジョの毛皮。シロテン。雪のようでない浅黒い肌。嗚呼麻美。又お前に逢って華奢な肩に歯を立ててみたい。肩甲骨を覆った皮膚の下の薄い皮下脂肪を指の腹でもう一度グニュグニュしてみたい。抗生物質の服用によるお前の膣カンジダの酒粕状のオリモノを一片残らず啜り上げ舐め取って綺麗綺麗にしたい。全ては直美とレナの犠牲の上に立っていたのだ。谷川麻美を殺す。そして全てをフリチンに戻すのだ。やがて土星人が攻めて来て麻美の体を劫火《ごうか》で炒めてカンジダ風味の蟹玉スープにするだろう」

どこからか、ピアノの音色が流れてきた。恐らくそれは、下の農道に列を成す車の一台からのものと思われた。敏感な耳なら、ピアノにチェロの音が被った事に気付いたに違いない。マックス・ブルッフの「コル・ニドライ」だった。レナは勿論そんな曲名は知らなかったが、今の状況に相応しい、暗い運命を思わせる曲だと思った。

突然、英雄的な努力を発揮して立ち上がった母親が、濡れた腐葉土にローヒールを食い込ませながら再び斜面を登り始めた。顔を上げて上を見遣る母親の首の皺に、まだ幼かった彼女をおぶって病院に連れていってくれた母親の体臭が鼻腔に甦り、レナはもうどうなってもいいと思いながらその後を随いて行った。

暫く歩くと地面に坐り込んでいる父親がいた。母親が雨に濡れた父親の背中にそっと手を置くと、彼はビクッと反応して妻と娘を振り仰いだ。そして暫くの間雨粒が顔を打つに任せていたが、風に乗って運ばれてくるチェロとピアノの音色に操られるようにフラフラと立ち上がると、既に先へと歩き出していた妻の後ろ姿を追って歩を進め始めた。

レナは黙々と両親に従った。雑木の間から、丘の向こうに広がるチクの景色がチラチラと覗いている。この先何が起こるかを正しく見て記憶する義務が自分にはあるような気がして、とても気が重くなった。

振り向くと、斜面を登って来る沢山の人間達の姿が見えた。

レナの記憶

一

ぞう木の山の坂を上ってくる人たちの中に、わたしの小学校のひょうじゅん服を着ている男の子のすがたが見えました。わたしはぞっとしました。なぜぞっとしたのか分かりません。その男の子の両親は、歩きながら言いあらそいのようなことをしていました。きっと、わたしの両親がけんかしていたのと同じようなことになっていたのだと思います。つまり、わけが分からないことを言い合っていたのでしょう。その男の子は、自分の親がすっかり変わってしまったことに、ぜつぼう的になっていたにちがいありません。とても暗い表情で、坂を上る足どりにもまったく元気がありませんでした。男の子はうつむいていましたが、ふと顔を上げました。私はあわてて頭を低くしましたが、間に合いませんでした。わたしたちは、たがいに目を合わせました。わたしはひょうじゅん服ではありませんでしたが、男の子は私が同じ小学校にかよっている児童だと気がついたかもしれません。わたしたちは二秒か三秒、見つめ合いました。しかしすぐ近くに別の家族がいることを、おたがいの両親に知らせることはしませんでした。そんなことをしても、しかたがないと分かっていたからです。すると男の子の両親がとっくみあいを始めました。男の子は両親のかげにかくれてしまい、わたしは彼らに背を向けて自分の親のあとを追いました。

　さいわい、わたしの親は二人とも、もくもくと歩くことに決めたようでした。わたしはついていくのに苦労しましたが、男の子の家族との間にはずいぶんきょりがあきました。しかし坂を上ってきたのは、男の子の家族だけではありませんでした。男の子の家族に続いて、ぞくぞくとたくさんの人たちが上ってきていたのです。中には足のはやい人もいるにちがいありません。ゆだんはできませんでした。おとなたちはきっと誰もが自分のことにせいいっぱいで、他人を思いやる心など持っていないにちがいありません。彼らはみんな病気にかかっているのですから。誰かに追いつかれたら、病人どうしで、どんなひどいことになるか分かりません。それを考えると、わたしは不安に押しつぶされそうになり、しぜんに足がはやくなりました。

　いつのまにか、雨はやんでいました。ぬれた服が気持ち悪くていやでしたが、歩き続けていたので寒さは感じませんでした。ぞうき林の山は、上ったり下ったりしていました。わたしたちは、いくつもの丘をこえました。父の選んだ道は何度か、木の枝のトンネルに入りこんでしまって進めなくなることがありました。トンネルはろうとのように、だんだんせまくなっていました。そういう時はいったん引き返します。そして、決まって母が正しいルートを発見しました。母は子どものころにこのあたりで育ったので、昔の記憶がよみがえっているのかしら、とわたしは思いました。それなら母にまかせればいいのに、父は先頭に立って歩きたがりました。誰も信用していないのです。そして二人そろって、ぶつぶつとひとりごとを言い続けます。「まいくろは」とか「あんそにー」とか「おこじょ」とか、ぜんぜん意味が分かりません。しかし父は、いつのまにか母の大きくて重いバッグを自分の肩にかついでいるのでした。父にまだそんな優しさが残っていたなんて思いもしませんでしたから、このことはわたしにとってささやかな心の救いになりました。

やがてわたしたちは、とつぜんひらけた場所に出ました。急に明るくなったので、わたしは空を見上げて目を細め、体いっぱいに日の光を浴びました。父もほっとしたのか、ようやく歩くのをやめて休けいをとることにしたようです。わたしはパンツの中からティッシュペーパーをつまみ出し、母に見せました。ティッシュペーパーはびっくりするほどこい赤色にそまっていました。「うめなさい」と母に言われ、小枝で穴を掘って上から土をかぶせました。すると母が折りたたんだ新しいティッシュペーパーをくれたので、それをまたパンツの中に押しこみました。おなかの痛みがぶりかえしましたが、今はそれどころではないと思ってがまんしました。しばらくの間三人で木の根の上に腰をおろしていましたが、父はおちつかないようすで、立ち上がって近くを調べ始めました。そして、「見ろ」と言いながら、地面からヘビのようなものをつかみ上げました。それはとても長くて、ずいぶんはなれた思いがけない場所の落ち葉や土までもち上がったのでわたしはびっくりしました。「タイガーロープだ」と父は言いました。

「これは、きょうかい線だ。しかしもう無用の長物だ。つまりきょうかい線など、とうの昔に消めつしているのだ」

よく見ると、たしかにそのロープはとても古いものに見えました。つまりチクとそれ以外の地域とは、ずいぶん前から区別がなくなっていたということなのでしょう。父もたん任の池上先生も、ずっとチクなんてないと言っていましたがそれは本当だったようです。「行くぞ」と父が言いました。

母とわたしは、腰を上げました。そして三人そろって坂を下っていきました。すると少しずつ、木々の間から町のけしきが見えてきました。目的地が目の前に現れたことでわたしたちは元気づいて、自然に足どりが軽くなりました。ローヒールをはいた母の足どりすら、軽やかに見えました。父と母の表情がほころんで、わたしはこの日初めてうれしい気持ちになりました。

ぞう木の山からぬけると、そこはあき地でした。あき地に立つと、目の前に町が広がっていました。民家、低いビル、牛乳屋さんや新聞屋さんの看板、郵便局、電信柱、高圧電線の鉄塔などが見えます。見覚えがあるようでないような、特に変わったところのない普通の町でした。しかし歩いている人は一人もいません。あき地の地面を歩くじゃりの音がはっきりと聞こえるほど、町は静まりかえっていました。「静かだね」と言いかけた時、父が「だまれ！」と言ってわたしの肩をたたきました。わたしは驚いて、だまりました。父は姿せいを低くして目玉をギョロギョロさせ、聞き耳を立てました。母も、さかんにあたりを見まわしています。

父がとつぜん「こっちだ」と言いました。すると母が首をふり、「あっちよ」と父と違う方角を指さしました。

「こっちだ！」

「あっちよ！」

二人の意見がくいちがいました。わたしは、きっと母の方が正しいと思いましたが、そんなことを言えば父に怒られると思い、だまって二人を見くらべていました。

その時です。ハチの羽音のような音がして、わたしたちの頭の上に黒くて丸いものが飛んできました。ドローンでした。父は「見ろ、やっぱりせめてきた！」と叫び、母のカバンを肩にかついで、母とわたしを置いて走り出しました。母は「そっちじゃない」と言いながら、わたしをそこに残して父のあとを追いました。一人にされたら大変だと思い、わたしもいっしょうけんめい両親についていきました。ドローンはいったん遠くに離れたように見えましたが、やがて遠くの空を大きく回ってもどってきました。「来た来た！」と父がおびえた声を上げ、四階だてのビルの中に飛びこみました。母とわたしもそのビルの中にかけこみました。入ってすぐに集合ポストがあり、その口からたくさんのチラシがはみ出していて、床にも何枚ものチラシが落ちていました。父が、奥の階段まで行こうとしたのをとちゅうでやめて集合ポストの下にうずくまったので、母とわたしも同じようにしました。そんなわたしたちを、父はけいべつしたような目で見ました。まい上がった砂ぼこりは、カビくさいにおいがしました。耳をすませると、大きくなったり小さくなったりするハチの羽音が聞こえるようでもあり、何も聞こえないような気もして、こんな所でわたしたち家族は何をやっているんだろうと思いました。

ふと床のチラシの一枚が目にとまりました。絵がかいてありました。笑っている子どもたちが、十字かのまわりで輪になっておどっています。その絵の横に「こわがらないで」と書かれているのが、わたしにはとても恐ろしく思えました。するとお母が床を見つめながら、犬のようなうなり声を上げました。「やめないか」と父が言いました。「おばあちゃんの所に行こうよ」とわたしが言うと、父は「そんなことをしたら、つかまってしまう。それは直美のわなだ」と言いました。直美とは母のことです。

「何を言うの」母が顔を上げました。

「この町を見ろ。もうずっと前に終わってるじゃないか」

「母も死んだって言うの？」

「ち死量のウイルスだったんだ」

「おまえこそ、わたしたちをおきざりにして女と会おうとしているくせに」

「おまえって言うな」

「その女と待ち合わせをしてるんでしょ」

「何の話だ」

「レナ、何を書いているの！」

わたしは教会のチラシのうらに、ポケットに入れていた短いエンピツを使って両親の会話を記ろくしていました。

「どこまでバカなのこの子は！」

しかしわたしはイモムシのように丸まって、母が言った言葉を最後まで書きとめました。母は「わたしをおきざりにして」ではなく、「わたしたちをおきざりにして」と言ってくれたのです。父に見すてられても、きっと母はわたしといっしょに行動してくれるにちがいありません。この記録はそのしょうこです。母がチラシを取り上げようと手をのばしてきたので、わたしはとっさに立ち上がり、チラシとエンピツをポケットにつっこみました。

すると母が「待て！」と叫びました。

見ると父が、母のカバンを置いてビルの中から飛び出していくではありませんか。

「ホントににげた！」とわたしは声を上げました。しかし母には、追いかけるつもりはないようでした。遠くにはなれていく父の姿を、母とわたしはビルの中につっ立ったまま見送りました。その父のあとを、どこからともなく現れた二機のドローンがぴったりとついていくのを見て、母は「ふん」と鼻から息をふき出しました。

二

父がいなくなって、母の頭は少しもちなおしたようでした。母と二人でいっしょに大きなカバンをさげて歩きながら、わたしたちはおばあちゃんの家をめざしました。

「おばあちゃんはちゃんと生きてるからね」と、母は私に何度も言いました。わたしは、おばあちゃんが生きているか死んでいるかは誰にも分からないと思いましたが、母がそう信じたい気持ちはとてもよく分かりました。しかしわたしたちは、ずっと誰にも出会いませんでしたし、車もオートバイも走っていなくて、町のいたるところで家が壊れていたり壁がくずれていたりしていて、父が言ったようにこの町はほんとうに終わっているのかもしれないと思いました。

「もう少しよ」と母が言いました。

目の前に、わたしにも見覚えのある美容院が姿を現したのでわたしは「あ」と声を上げました。この美容院は曲がりかどに建っていて、アスファルトの上に黒っぽい石があり、そこに白いペンキで「まかりかぼP↓」と書いてあるのです。まかりかぼという変わった名前のひらがなの文字を、わたしはよく覚えていました。

「お母さん、わたしこれ覚えてるわ」と石を指さすと、母はうなずきました。

「まかりかぼ」のかどを曲がって少し歩くと、小さな公園にすべり台と鉄棒があって、昔と変わらないおばあちゃんの家がありました。わたしはおばあちゃんの家にかけよっていって、玄関のベルを押しました。でもベルが鳴らなかったので、ドアをたたきました。

「おばあちゃん、レナよ！　わたしよ、レナ！」

するとと母がわたしをつきとばして、カギ穴にカギを差しこみました。

ました。

「開いてるじゃないの」

カギはかかっていませんでした。ドアを開けて入っていく母に続いて、わたしも家の中に入りました。

「母さん！」母が呼びましたが、返事はありません。家の中はほこりとなまあたたかい空気がたまっていて、なにかとてもいやなにおいがしました。母は土足のまま上がりこんでいって、一階の部屋やトイレやお風呂を調べました。そして二階へと上がっていきました。わたしは階段を上っていく母の後ろ姿を見上げながら、母が投げすてたバッグのそばに立っていました。すると外で何か音がしたような気がしたので、玄関から外に出てみました。その時、少しだけ開いていたとなりの家のドアが、ガチャッと音を立てて閉まるのを見ました。

「お母さん！」とわたしは母を呼びました。しかし返事はありません。

階段の下に残された母のバッグが、死んだ犬のように見えてドキッとしました。

「お母さん！」わたしはもう一度母を呼びました。

すると階段の上に姿を現した母が「何なの」と答えました。

「となりの家に誰かいるよ！」

「ずっといるのよ」

「おばあちゃんは？」

母はそれには答えず、ローヒールをならしながら階段を下りてきました。

そして一番下までくると、わたしの顔をじっと見ました。五秒ぐらい見ていたと思います。

「直ちゃん」

「え、はい」

「直ちゃん」

「何？」

「今まで何をしていたの？」

わたしの名前はレナです。

「母さんは病気なのよ」

「分かってる」

「ずっと親を一人にして。それでも娘なの」

「ごめんなさい」

よく見ると、居間のカーテンが少しゆれていました。

「窓ガラスが割れてるわ」とわたしは言いました。

「ずっと前から割れているのよ。こんな家にさびしく一人で住んでいるのよ」

その時母の顔が虫をくわえたトカゲのように見えて怖くなり、わたしは「おなかが痛い」と言ってトイレに走りこみました。ふたを上げると便器の中には水が張っていなくて、変なにおいがしました。わたしはパンツを下げて便座に腰を下ろしました。パンツの中には、しわくちゃになった赤黒いティッシュペーパーがはさまっていました。わたしはティッシュペーパーを便器に捨てて、前かがみになっておなかをもみました。じゅっと音がしました。のぞきこむと、便器の中いっぱいに赤い点が星のようにちらばっていました。

台の上に、紙のたばとボールペンが置いてありました。紙はてきとうな大きさに切ったチラシを、うら返しにしたものでした。その内の何枚かに字が書かれていました。わたしはそれを急いでスカートのポケットにねじこみました。そしておしっこをしました。ホルダーの中に、少しだけトイレットペーパーが残っていました。わたしはそれを全部引きぬいて折りたたみ、マタの間にはさみました。パンツを上げた時、となりの家から人の話し声が聞こえたようでしたが、風の音だったかもしれません。水を流すと、茶色の水が便器の中で大きくうずをまいて、なまぐさいにおいがしました。

トイレから出ると、居間のテーブルで母が何か食べています。カステラのようでした。ペットボトルのお茶もあります。それを見て、わたしはとてもおなかがすいていることに気づきました。そういえば、朝、車の中で食べたサンドイッチと缶コーヒー以外何も食べていません。わたしはイスに腰かけ、母の顔をじっと見ました。

「何?」と、カステラのにおいがする息をはきながら母が言いました。

「何でもない」

「となりの家を見ておいで」

「分かった」

カステラはもらえませんでした。これは、長い間母をこの家におきざりにしてきたバツにちがいありませんでした。食べさせてもらえないというバツには、わたしはなれています。あのカステラは母のカバンの中に入っていたものか、この家にあったものかと考えながら玄関から外に出ると、となりの家の前に知らない女の人が立っていました。

わたしは小さくおじぎして、じっとしていました。するとその女の人が近づいてきました。

「奥さんですか？」

女の人はそう言うと、私を上から下までじろじろと見ました。

「レナです」と、わたしは答えました。

「ご主人さんはいっしょじゃないんですか？」

わたしは首を横にふりました。

「いっしょじゃないの？」

「はい」

「どうして？」

「逃げていったの」

「はあ？」

「ドローンに追いかけられてた」

女の人はわたしをにらみつけ、しばらくの間何かを考えているようすでしたが、やがてこう言いました。

「ここで待ってるからって、ご主人さんにそう伝えてもらえる？」

「はい」

「あなた、ホントに分かってるの？」

「はい」

しかしわたしは、ほんとうはよく分かっていませんでした。女の人は、何度もわたしをふり返りながら家の中にもどっていきました。わたしも家にもどりました。すると居間のテーブルの上のカステラは消えていて、ペットボトルの中はからになっていました。母は窓から（きっとトイレの窓から）見ていたようで、「あの女の人と、何を話していたの？」とききました。

「ここでまってるから、ご主人さんにそう伝えてって言ってた」

「やはりあの女か！」と、母がげんこつでテーブルをたたいて大声を出しました。つまり母が言っていた、父と待ち合わせをしてるという女がその女らしいのです。それにしても、父よりも早く母に見つかってしまうなんて、その女も本当にうっかりしています。

「お父さんはここに来るかしら」とわたしは母にききました。

「何を言っているの。お父さんは七年前に死んだのよ」

わたしはその時、冷蔵庫のとびらが少し開いているのに気づきました。さっきから何かにおうと思っていましたが、きっと冷蔵庫の中のものがくさっているのだと思いました。

「お父さんは、どうして死んだの」

母はため息をついて、「肺がんよ」と答えました。

「おなかがすいた」

「待ちなさい」

母がバッグの中からおかきの袋を取り出して、渡してくれました。わたしは大急ぎで食べたので、のどがつまってセキが出ました。口からおかきの粉をふき出すわたしを見て、母が「直ちゃんの食べ方はあいかわらず汚いわね」と言いました。わたしはレナで母は直子です。「水……」と母に言うと、新しいお茶のペットボトルをくれました。母のバッグには、きっと食べものがたくさん入っているにちがいありません。

三

水道のじゃ口をひねっても最初はココココココと音がするだけでしたが、そのうちに茶色い水が出てきました。ずっと出しっぱなしにしていると、色がだんだんうすまってきました。その水道の音を聞きながら、母とわたしは居間でじっとしていました。二階には寝室があるはずでしたが、母は二階に行ってはいけないと言いました。「どうして?」ときくと、「おばあちゃんが寝ているからよ」という答えだったので、やっぱりおばあちゃんは二階で死んでいるんだとわたしは確信しました。この家は、おばあちゃんの死のにおいで満たされているのです。

「直子」

「何？」

「母さんをここからつれ出してね」

「分かった」

「こんな世の中になるなんて」

そんな会話をしながら二人でほこりっぽい床に古新聞をしいて、その上に横になりました。とても疲れていたのです。わたしは、となりの家の女の人に「奥さんですか？」ときかれたことの意味を考えながら、眠りに落ちました。

おなかの痛みで目をさました時母はまだ眠っていて、軽いいびきをかいていました。わたしも母と同じように、こんなふうにいびきをかくのだろうかと思うと、それは将来結こんする相手に対してとてもはずかしいことだと思いました。しかし、昼寝していたおばあちゃんも確かこんないびきをかいていました。とすればこれはい伝です。わたしはおなかを押さえながらトイレに行きました。

トイレの中で、スカートのポケットからおばあちゃんのメモを取り出しました。おばあちゃんが二階で死んでいるとすれば、これはおばあちゃんが最ごにトイレに入った時に残したものにちがいありません。それは、こんなメモでした。

「人人　大こ　小夏菜　ブロッコル」

別のメモには、こう書いてありました。

「デンキ　きたきた」

そして三枚目はこうでした。

「つまらん」

わたしはトイレットペーパーがないことに気づいてあせりましたが、パンツの中のトイレットペーパーがあまり赤くなっていなかったのでホッとしました。その時、ハチの羽音がしたのでわたしはとび上がり、せ伸びをして小さな窓を少し開けてみました。すると、となりの家の玄関の前に父が立っていました。空には十機ぐらいのドローンが浮かんでいます。父がつれてきたにちがいありません。何てドジなんでしょう。

しばらくすると、となりの家の玄関のドアが開きました。すぐに家の中に入ろうとする父を、さっきの女の人が押しとどめています。二人は何か言い合っていました。母の言うように、父とその女の人は待ち合わせをしていたのでしょうか。二人は口げんかをしているようにも見えました。そして父は力ずくで女の人を押しこめながら、家の中に入っていきました。わたしはこの時の父を、とてもいやに感じました。しかしもっといやだったのは、最後に父の背中に手を回した女の人が父の肩ごしに見せた、おぼれた人がふっとあきらめたような、とても変な笑顔でした。

たぶん母も、この女の人のこういうところが大きらいにちがいないと思いました。そして今父とこの女の人がしていることは、母にとって絶対に許せないことだとわたしは確信しました。もし母がこれを知ったら、母は父と女の人を殺してしまうのではないでしょうか。それを考えると、わたしはとても怖くなりました。しかしその一方で、このチクなら、そんなことをしても誰にも分からないのではないかしら、とも思いました。居間にもどると、母はまだいびきをかいていました。知らないということがどんなに幸せなことか、わたしはこの時理解しました。わたしもこれ以上何も知りたくないと思い、丸まった母の背中にぴったり体を合わせて再び眠りにつきました。

母のスマートフォンの着信音がして、すぐに切れました。それから物音と声がしました。目をさますともう夕方になっていて部屋の中はうす暗く、母は体を起こして玄関の方を向いていました。父が玄関ドアを叩きながら、母の名前を呼んでいるのでした。

「直子、開けてくれ！」

母が立ち上がって玄関に向かっていったので、わたしは父が母に殺されるかもしれないと思ってはね起きました。母が玄関のドアのカギを開け、父が外からドアを引っぱりましたが、ガチャンと音がしてチェーンがつっぱりました。

「あの女と会っていたのね」

「直子！　開けろ！　ケガをしてるんだ！」

「ふん。女とけんかでもしたの」

「わかしませいじという男にやられたんだ」

「誰よそれ」

「会社に出入りしているデザイン事務所の男だ」

「知らないわ」

「見ろ！」父がドアのすき間から手を入れました。母の後ろからのぞきこむと、父は頭を切られているみたいで、手のひらには血がついていました。すると父が私を見て叫びました。「レナ！レナ！　入れてくれ！」

わたしは母の背中にかくれました。

「あなた、ズボンはどうしたの？」

「ぬがされたんだ」

「どうして？」

「分からん」

「あなた、ちょっと手をはなしてちょうだい」

父がすなおにドアから手をはなすと、母は思いっきりドアを閉めてカギをかけてしまいました。

父はさかんにドアのとってをガチャガチャしながら母の名を叫びましたが、母はくるっと向きを変えて居間にもどるとふたたび横になりました。わたしはイスに腰かけてテーブルに向かい、わずかな明かりをたよりにして、チラシの裏にいくつかの言葉を書きとめました。わたしがこういうことをするのは、きっとおばあちゃんのい伝だと思いました。

しばらくすると、父の声が聞こえなくなりました。どこかに行ってしまったのでしょう。いつか父は、母とわたしを残してどこか遠くに行ってしまうような気がしていましたが、今がその時なのかなと思うと悲しくなりました。するとすぐ近くから「おいレナ」と父の声がしたので、わたしはイスの上で飛び上がりました。居間の割れた窓ガラスから、父の血だらけの顔がのぞいていました。

「レナ、玄関を開けてくれ」父が言いました。

「逃げたくせに」私は言いました。

「違う。お父さんはおとりになったんだ」

「そんなのウソだからね」と、こちらに背を向けて寝ころがったまま、母が言いました。「ウソじゃない。おまえたちを助けるために走ったんだ！」

「だったらあの時、ちゃんとそう言ってくれたらよかったのにい」と私は半分ベソをかきながら言いました。

「すまんレナ。あれはとっさの判断だったんだ」

「ふんっ。どうせ女とやってた時に、女のだんなにふみこまれたんだろう！」

「違う。とにかくここの住人は頭がおかしいんだ！　どうしてズボンを脱がされたのか、さっぱり意味が分からないんだよ！」

「何をいいかげんなことを！」

私は鼻をすすりながら、大急ぎで両親のやりとりをメモしていきました。こんなことでもしないと、悲しくてしょうがなかったのです。

「どうしてあなたの会社の若い女がここにいるわけ？」

「何を言ってるんだ直美。アサミはどこにもいない。入院してるんだ」

「ウソよ。となりの家にいるじゃないの！」

「あれはちがう女だ！　アサミじゃない！」

「おまえ、いけしゃあしゃあとアサミって何だアサミって！」

「おまえって言うな！」

私はたまらなくなって叫びだしました。

「二人とも早すぎてついていけないわっ！　いけしゃあしゃあってどういう意味なの！」

すると母が言いました。

「レナ！　何を書いているの！　バカにもほどがあるわよ！」

「自分の娘をバカよばわりか！」

「おまえはすっこんでろ！」

「おまえはやめろバカ！」

「おまえこそバカはやめろバカ！」

書いているうちに、どっちが父の言葉でどっちが母の言葉なのか分からなくなってきて、イーッとなって思わずエンピツのしんを折ってしまいました。そのしゅん間、父の頭が窓ガラスにつっこんで、破片がたくさん飛びちったので私は悲鳴をあげました。窓のカギをつまんでキュッとひねり、もうほとんどガラスのない窓をガラガラと開けた時の父のドヤ顔を見た時、私はそのあまりの子どもっぽさに自分の頭をパンッパンッパンッとリズミカルに叩かずにおれませんでした。

紙世界

一

「こんなに頭を切ってしまった」

胡坐をかいた赤根和夫は、窓ガラスで切った頭の傷口に指先を捩じ込んでは指に付いた血を妻の直美と娘のレナに差し出したが、見向きもされなかった。直美が二階から出してきた義母の寸足らずのスウェットズボンを穿かされた和夫の「消毒液はないのかな」「このスウェット何か臭いな」「ガーゼのようなものがあればいいんだがな、ひひ」などという訴えも徹底的に無視された。

それでも彼が水道で顔も洗わずに、古新聞の敷かれた居間の隅に放置されたままじっとしていたのは、体に受けたダメージが意外なほど大きく、体を動かそうとする度にあちこちに痛みが走るからだった。隣の家の中で何度も彼を殴り付けたデザイン事務所「ガスカール」の若島清二の腕はゴリラのように太く、拳の一発一発に砲丸投げの鉄球のような重みがあった。

女に導かれて隣の家の中に入り、女が求めるままにズボンを脱ぎ捨てた時、外に車が停まる音がして、玄関から若島清二が飛び込んできたのだった。

「俺の女に何してくれてんだよ赤根さん！」

避ける間もなく和夫は若島清二の拳固を頭に食らい、その場にくずおれて気絶した。意識が戻るまでに二秒ほど掛かり、目を開けると眼前に若島清二の湿った五本指ソックスが踏ん張っていて、異様な臭いを放っていた。その踏ん張りには、どんな小さな貸しも一粒残らず回収させて貰うぞという絶対的な威圧感があった。和夫は、今自分の身に起こっている事が現実なのかどうか疑わざるを得なかった。若島清二がどうしてこんな場所にいるのか、和夫を家の中に誘い入れたのは本当に若島清二の女なのか、だとすれば彼女が彼を誘った理由は何なのか。全ては分からない事ばかりで、悪い冗談としか思えなかった。しかし几帳面を絵に描いたような若島清二が、貸借対照表を常に零にしておかなければ気が済まない男だという事だけは、会社で一度打ち合わせをしただけで充分に分かっていた。そんな男の女を寝取ろうとしてズボンまで脱いでいるのだから、それ相応の報復は覚悟しなければならなかった。

「彼女の方から誘ってきたんだ」和夫は倒れたまま、若島清二を振り仰いで釈明した。

「そうなのか姉さん？」若島清二は酔ったような顔を女に向けて訊いた。年齢から考えてまさか実姉ではあるまいから、義姉と思われた。

「この男が強引に家の中に入って来たのよ」女は暗く低い声で出鱈目《でたらめ》を言った。

「嘘を吐いては駄目だよ浩子義姉さん」

そう言うと若島清二はその場にしゃがみ込み、和夫の胸座を摑んで引っ張り上げると再び頭を拳固で殴り付けた。浩子という女が嘘を吐いているのが分かっていて殴ってくるのである。続けて腰と背中を数発殴られた後、股間に伸びてきた若島清二の手で一物を鷲摑みにされたので息が止まった。頭の中に、屈強な男の素手で握り潰されて果肉を飛び散らせるリンゴの映像が浮かんだ。

「もう悪さ出来ないようにしてしまおうか赤根さん、あん?」と若島清二が訊く。

「堪忍してくで」

「何だって?」

「堪忍してくで」

その時、一物を握った握力が突然倍になり、和夫は白目を剝いた。同時に浩子の「嫌だっ」という小さな叫び声が聞こえ、その瞬間若島清二が和夫の股間から手を放して飛び上がるように立ち上がったので、和夫の玉は辛うじて解放された。見ると若島清二は、痒い背中を掻くかのように腕を背後に回して盛んに独り舞いをしている。そんな若島清二を凝視しながら壁伝いに遠ざかって行く浩子の険しい顔は、半分笑っているようにも見えた。そして和夫は、体をクルリと回転させた若島清二の右の肩甲骨の内側に、オレンジ色のプラスチックの棒が突っ立ってブラブラと揺れているのを見た。

「猿っ!」と浩子が叫んだ。

ドライバーが突き刺さっているのだった。それは絶妙な位置にあって、長い腕にも拘わらず、背中の筋肉の大きな盛り上がりに邪魔され、腱の損傷も重なってか、若島清二の指先はあと一歩のところでどうしても届かないようだった。

「おいっ、どうすりゃいい?!」和夫は頭と股間を押さえながら立ち上がり、浩子に向かって叫んだ。ドスンという音を立てて、和夫が浩子をその上で抱く筈だった煎餅布団の上に若島清二が両膝を突き、唸り声を上げた。シャツの背中に真っ赤な染みが広がっている。ドライバーはかなりの深さまで刺さっているものの、少しずつ体外へ搾り出されていくようで、若島清二が身悶えする度に大きく揺れて、危うく外れてしまうのではないかと不安になった。

「こいつをどうする?!」

「こんな奴!」

「あんた、こいつをどうして欲しいんだ?」

「こいつ、人間じゃないのよ!」

忽ち和夫の頭の中に火花が飛び散り、巨大な非現実感に打ちのめされた。世界の歯車が又一つ、大きく間違った方向へと回ってしまった気がした。さっきまで大柄な体軀と立派な尻を持つ浩子のボディに強く惹き付けられていた筈が、一転して彼女は使い古しのマネキンのように見えて、忽ち世界が平板化する。

「ここから這い出す」和夫は決然と逃げ出した。

その瞬間、若島清二に両脚を摑まれ、和夫は布団の上に引き摺り戻された。振り返ると目の前にドライバーの透明なプラスチックの柄が揺れている。若島清二の背中の血に触れて感染してしまう可能性に一瞬怯んだが、しかしそこそこの大男の最大の弱点だと思い直して和夫はドライバーに縋り付いた。そして両手で柄を握り締めると、「うりゃうりゃ」と言いながら大きく円を描いて押し込んだ。空気を吸った傷口が、クチュクチュと湿った音を立てた。ドライバーの先端部が若島清二の体内の腱や筋肉に引っ掛かる感触が手に伝わってきたが、それは何枚ものヴェールで隔てられたような、若しくは水の中にいるような非現実感を伴っていた。すると若島清二が突然雄叫びを上げて、和夫の脚に嚙み付いてきた。その容赦ない嚙みっぷりに和夫は悲鳴を上げ、若島清二の背中に覆い被さるようにしてドライバーの柄に体重を預けた拍子に、傷口から噴き上がった冷水機の水程の太さの返り血を顔面に浴びた。その生温かさにゾッとしたのも束の間、和夫は若島清二の背中からドライバーを抜き取って投げ捨て、「這い出すっ這い出すっ這い出すっ」と連呼しながら背中の傷口に額を打ち付け始めた。背後に「嫌だぁっ!」という浩子の甘い声が響いた。若島清二の赤と言うより濃い黒色の傷口が、呼吸に合わせてシュブシュブと血飛沫《ちしぶき》を噴き上げ始める。傷が肺に達している事が知れて、和夫は一層強く「肺出す」と声に出した。すると突然、自分が若島清二を殺してしまうかも知れないという予感に囚われて気が遠くなった。直美とレナの顔が虚空に浮かんだが、しかしそれもすぐに平板化して現実味を失う。

気配を感じて振り返ると、浩子がセロテープカッターを振り被っていたので「何だよてめえは」と言うと、「もう止めて」と浩子が言った。

「止めるよ」和夫は立ち上がった。

「出て行け」と浩子が言い、セロテープカッターを彼の足許に投げ付けた。

和夫は家の中にズボンを残したまま玄関から外に出て、眼前に広がる近所の家々ののっぺりとした紙芝居的な平面世界を眺め遣り、「とても這い出せそうにない」と呟いた。


直美は床に這い蹲り、飛び散った窓ガラスの破片を執拗に確認する事に腐心していて、レナはお腹を擦りながら頻繁にトイレに立った。

「あったわ。見て、マイクロ刃よ」

舐めた人差し指にくっ付けたガラスの欠片を直美は二人に示したが、夫も娘も見向きもしない。

和夫が頭で割った窓から、部屋の中に向けて力のない西陽が射し込んでいる。

「お義母さんはどうした？」和夫が直美に訊いた。

「知らないわ。レナ、又トイレなの？」

「だってお腹痛いんだもん」

「女はそれが何十年も続くのよ」

「そうだ」血まみれの顔をブルブル振りながら、和夫が合いの手を入れる。

直美は和夫を見て「その顔の血、誰の血なの？」と訊ねた。

「だから若島清二という、毛むくじゃらの臭い男の血だ」

「だったら感染したのね」

「感染してない人間なんかいるもんか」

それを聞いて直美は金切り声を上げた。

レナは赤黒い父の顔を見ながら居間から廊下に出ると、後ろ手にドアを閉め、その場でトイレのドアを開閉させた。そして階段の下に置かれた母の黒いバッグのジッパーを開き、中からこっそりビスケットの箱を引っ張り出した。ビスケットを二枚抜き取り、箱をバッグに戻してジッパーを閉める。それからそっとトイレのドアを開けて中に入り、音のしないようにドアを閉め、便座に腰を下ろしてチビチビとビスケットを舐め始めた。

突然大きな音と共に叫び声がしたので、レナはビスケットの一枚を便器の中に落としてしまい、慌ててもう一枚を口の中に放り込んで嚙み砕いた。続けて更に大きな音がして、家全体が揺れた。レナはビスケットを飲み下し、トイレの水を流して外に出るとドアの隙間から居間を覗いた。ひっくり返って壁に頭をぶつけた母が、父に向かって電話帳を投げ付けていた。

「息が出来ない！」

「抵抗するな！」

「嫌よ！　何なのこれ！」

「受け流すんだ！」

「自分だって無理なくせに！」

父も苦しそうで、二人とも目に見えない力に懸命に抗っているようだった。

「ううっ、這い、出す」そう言った父と一瞬視線が合ったので、レナはサッとドアの裏に身を隠した。二人とも既に相手の事を慮る余裕はなく、自分の頭の中の苦しみを苦しむ事に精一杯らしかった。父は頭の傷を掻き毟り、母は床の「マイクロ刃」を指先で集めては頻りに眉に擦り付けた。かと思うと互いに体をぶつけ合って弾き飛ばされ、床を転がって這い回り、「イチジクは、イチジクは何処？」「遂に『ホンモノ』が来た！」などと叫んでいる。

レナはドアを閉めて階段に腰を下ろし、バッグを開けて中からビスケットの箱と野菜ジュースを掴み出すと、それを持って階段を二階へと登っていった。そして踊り場で立ち止まり、振り返って両親のいる居間のドアを見下ろした。今父と母が苦しんでいるその場所こそ、いつか絵本で見た地獄なのではないかと思った。何か悪い事をして、その報いを受けているのだ。

二階には布団が延べてあり、掛け布団から祖母の白髪が覗いていた。この家に漂う悪臭の元凶に鼻が曲がりそうになる。レナは手に持ったビスケットの箱と野菜ジュースを眺め、窓をいっぱいに開け放った。すると眼下に、隣の家に入って行く一人の男の姿が見えた。

二

家の中に入った瞬間、若島孝雄は手で鼻を塞いだ。弟の清二が上半身裸でその出来物だらけの背中を晒して布団の上に這いつくばり、その上に妻の浩子の顔が覆い被さっている。「何をしている？」孝雄は訊いた。

顔を上げて夫を見た浩子は、血の付いたティッシュペーパーを示した。

「出来物が潰れたのか？」

「私が清二さんの背中を刺したのよ」

「そうか」

孝雄は、床に広げられた新聞紙の上のティッシュペーパーの山とドライバーとを見た。

「赤根和夫という男に……やられたんだよ……兄さん」清二が言った。

「それは誰だ」

「取引先の会社員だよ。赤根は義姉さんを手籠めにしようとしたんだ」

「それで、病院に行くのか？」

「その方が……いいかも知れないね兄さん」

「甘えたような口をきくな」

浩子が清二の背中をティッシュペーパーで拭う度に、傷穴から新しい血がドーム状に盛り上がり、それは清二の呼吸によって不意に弾けて飛沫を上げた。浩子は傷口にティッシュペーパーを詰めるとキッチンへと立ち、流しのハンドソープで手を洗い始めた。孝雄は浩子の隣に身を寄せ、グラスに水を容れて飲んだ。

「あれは人間じゃないわ」浩子はグラスを呷る孝雄に耳打ちした。

「何もかも偽物だと言ったろ」と、孝雄が応じる。

浩子はそれには答えず、水道の水に見入りながら手を洗い続けた。浩子の白い首には、赤い痣が佐渡島の形にくっきりと浮かび上がっている。

「仕事場のウサギは元気なの？」彼女が訊いた。

「いや」

「死んだの？」

孝雄は首を横に振った。

「しかし元気じゃない。その内死ぬかも知れない」

「会いたいわ」

その時、清二が呻き声を上げた。孝雄が振り向くと「二人で……何の相談をしてるんだ？　僕は死なないぞ。うっ」と言った。清二の背中の出来物の分泌液の臭いが、キッチンの換気扇へと吸い込まれていく。浩子は無表情に手を洗い続け、孝雄は臭いに抗うように煙草に火を点けた。

夜になって清二の熱が上がり、苦しげな呼気と蒸れた体臭とが居間に充満した。換気扇は役に立たず、全開にした窓から入ってきた蚊が、白壁のあちこちに黒い点となって休んでいる。

「清二さん、本当に怪我をしてるみたい」浩子が言った。

「分かるもんか。偽物かも知れん」孝雄が自分の手を見詰めながら答えた。

「どうしてこんな風になってしまったの？」

浩子は初めて見るように、部屋の中を見回した。小刻みに明滅する蛍光灯の周りを羽虫が飛び回る。

「我々は囚人なんだ」

「こんなの、もう嫌」

「俺が誰か分かるか？」

「孝雄。でもホンモノかどうかは分からない」

「俺にも分からん」

窓辺に寄り掛かり、孝雄は煙草を取り出した。

「隣の向坂夫人は死んだのか？」

「知らないわ」

「あれは孫娘か？」

浩子が孝雄と体を並べて窓外を見ると、暗がりの中、隣家の玄関の外に少女が立ってこちらをじっと見ていた。浩子が手招きすると、少女は少し逡巡した後、ゆっくりと歩いて窓の下までやって来た。

「昼間にお会いしたわね」浩子が声を掛ける。

レナは浩子を見上げて頷いた。

「御主人さんは？」と浩子が訊き、レナが首を横に振った。

「お前、何を言ってる？」孝雄が煙草に火を点けた。

「何って、こちら向坂夫人よ」

孝雄は浩子を見て「そうか」と言い、煙草の煙を肺に満たし、夜空に向けて吹き上げた。

「御主人さんは？」もう一度、浩子が訊く。

「それは向坂の旦那の事だな」孝雄が口を挟んだ。

「そうよ」

「合点！」孝雄は向坂の主人の口癖を真似た。

「その人よ」

「とっくに肺癌で死んだ奴だ」

「そうだったわね」

「お前矢張りあの爺と浮気していたのか」

「お父さんもお母さんも、死にました」とレナが言った。

「お婆ちゃんは？」と孝雄が訊くとレナは急に声を詰まらせた。

清二を家に残し、レナと一緒に孝雄と浩子は隣家に様子を見に行った。清二は出て行く二人に何か苦しげな言葉を投げたが、それは譫言《うわごと》にしか聞こえなかった。

玄関から中に入ると、暗い居間に折り重なるように成人の男女が倒れていた。

「確かに死臭がする」

孝雄は二人の頸動脈《けいどうみゃく》を調べ、頬を叩いた。

「気絶してるだけだ」

「生きてるの？」レナが言った。「そうよ」と浩子が答えた。

「お婆ちゃんも生きてるの？」

「お婆ちゃんは二階か？」

二階に行った孝雄が戻って来る間、浩子はレナと短い言葉を交わした。

「レナちゃんは普通？」

レナは鼻に皺を寄せた。

「普通って、どういう事？」

浩子は首の痣を激しく擦った。

「小母さん達は全然普通じゃない」

孝雄が下りて来た。

「お婆さんは死んでる」

レナが頷いた。

「君達は今日ここに着いたのか？」

「うん」

今日初めてこの町に来たのはレナの家族だけでない事を、孝雄は知っていた。

「レナちゃんはここにいる？　それとも家に来る？」

「ここにいる」

「そう」

レナを残して家に戻る途中、孝雄が肩に手を回してきたので浩子は飛び退いた。

「我々にも、あれぐらいの子供がいてもおかしくなかった」

「やめてよ子供なんて」

二人は、家の外の清二の車の脇で暫く佇んだ。孝雄が腕の蚊を叩き、浩子は足踏みをした。隣家の玄関からレナが出て来て、浩子が手招きすると寄って来た。

「ウサギを見に行く？」浩子が訊いた。

「行く」レナが答えた。

三

何もかもがでっち上げの偽物に過ぎないこの世界を精確に記録していく事が私に課せられた使命であり、元の世界に戻るための唯一の手段であるなどと、何を根拠に信じていられたのか思い出せない。日々文字で埋まっていくこのノートを一体誰に見せるべきなのか、それすらもう分からない。書く事は既に気晴らしですらない。観察記録はノート三冊目に入っている。白い紙に文字を書き付ける事でこの紙のような平板な世界に対抗するなどと、一体どの頭が考えたのだろうか。

日増しに、浩子が赤の他人に見えてくる。

男というのは常に他人である女を抱く事を欲望する。たとえ紙の人形であっても。時として、佐渡島形の首の痣が浩子本体を呑み込んでしまい、浩子はぺちゃんこの紙人形に成り果てて凄く不細工な顔になる。浩子の方でも、私が私である事に確信が持てなくなっている。世界はぺしゃんこで、我々は巨大な圧迫感に押し潰されそうだ。私はずっとその危険を言い募ってきた。そんな私を小馬鹿にしていた浩子も清二も、今や同じ苦しみの中に閉じこめられている。私は経験上どんな抵抗も意味がないと分かっている。しかしこの非現実の世界のどこにも安住の地はない。無意味と分かっていてももがき続けるしかない。元の世界の感覚は、最早殆ど思い出せない。紙芝居の世界の中でも、喋ったり、移動したり、物を食べたりは出来る。しかしそういった事には悉く現実感覚が伴わない。我々はただ惰性によって生きている。何日も食べないでいる事も、恐らく可能だ。全く動かないでいる事も、恰も他人事のようで少しも苦ではないから、気が付くと長い時間飲まず食わずで過ごし、挙げ句の果てに本当に動けなくなって、助けも呼べずにそのまま死んでしまう向坂夫人のような人間も出てくる。彼女はこの事態を宇宙人の仕業だと断じていたが、これが誰の仕業であろうと、その元凶を打ち負かして世界を元に戻してくれるようなまともな人間が残っている気配はない。もう手遅れなのだ。即ち、私の観察記録を読み、これを正しく評価して私をこの牢獄から解放してくれるような組織などどこにも存在しない。そんな事はとうに分かっている。分かっていて書いている。こんな事でもしない限り、どうやって無限の時間をやり過ごせばよいのか見当も付かない。既に終わってしまった時間を生きるのは、全てでっち上げの上塗りである。向坂夫人の選択は、一つの見識だった。

浩子が連れて来たレナという名の娘が、土間のケージの中で牧草を食べているウサギを観察しながらこんな事を言った。

「このウサギも、みんなと同じ病気に罹っているの？」

「あんたにはどう見えてるのさ？」（浩子のこんな商売女のような口の利き方は聞いた事がない）と訊かれ、レナは「みんなと同じだと思うけどウサギは苦しんでない」と答えた。私は恐ろしくなった。レナは見抜いている。ウサギには過去も未来もない。牧草を食べるウサギにとって目の前の牧草が全てであり、明日の牧草の事を心配したり、過去の牧草の味を懐かしんだりする事はない。ウサギの世界は紙のように薄い現在だけだ。そして我々も又、空間のみならず時間的にも全く広がりのない、薄い紙のような時空に閉じこめられようとしている。こんな小学生の子供に、どうしてそんな洞察が可能なのか。レナという娘は、恐らくこの病気に罹患《りかん》していない。だからこんな恐ろしい事が平気で言えるのか。子供だから大人を見棄てても平気なのか。間違いなく我々はウサギ以下だ。レナに対して私が感じる郷愁は、彼女が本来の人間だからか。勿論レナは浩子以上に薄っぺらな紙人形だ。そしてレナ自身、この異常な状況に子供らしい恐れを抱いている。しかしレナは我々とは違う。こんなに瑞々しい瞳を私は久し振りに見た。レナのような瞳がこの世界を見続けてくれるなら、我々の存在などどうなってもいいとすら思えるほどだ。我々は干上がりつつある水溜りの中の魚だ。この水は死んでいる。しかしレナを包んでいるのは、外海へと繋がっている生きた水だ。

私は嬉しくなって思わずレナの太腿に手を置いた。その瞬間レナの顔が私の方へギュッと向き直り、そのつぶらな瞳が蛇のように糸状に収縮したので度胆を抜かれた。私は咄嗟に目を逸らせて浩子を見た。すると浩子は私に向かって「その手を離しなさい」と言った。

沢山の人間がこの町にやって来ている。それは獣臭い気配で分かる。何人かの姿も目撃した。真実を知ろうとしてこのチクに雪崩れ込んで来た連中は例外なく、自分達には真実を知る権利があると思い、暴力を使ってでも隠された真実を暴き出そうと義憤に燃えて殺気立っている。しかし真実を知る権利など誰にも保証されていない。そもそも真実を知る能力が失われつつあるのだ。たとえ真実を知り得たとしても、そこにあるのはただ退屈で面白みの欠片もない「認知の萎縮」という凡庸な事態に過ぎない。萎縮した認知力で己の認知の萎縮を認知したところで何の意味があろうか。唯、論理だけが生き延びる。見る物聞く物の全てが余所余所しく実感がない中で、我々に残された拠り所は論理的思考のみだ。誰よりもよく知っている筈の人間を「偽者」だと断じさせる根拠は、論理的整合性を措いて他にない。向坂夫人のように全てを宇宙人のせいにしてしまうのも、弱った脳によるお粗末な理屈合わせに過ぎない。そして私がノートに書くこの文章も又、災害の被災地に送り付けられる膨大な千羽鶴同様意味のないゴミであり、自己満足的なエクスキューズ以上のものではない。手に持った万年筆は十メートルも向こうにあるかのようで、ペン先から紡がれる文字はマヤ文字のように馴染みがない。何枚もの分厚い軍手を通してではなく直接にモノに触れたいと、まだ死に絶えてはいない私の残り滓が訴えている。私は、浩子の肌の感触が記憶に残っているのではないかと、頭の中を盛んに検索する。しかし頭の検索エンジンの歯車は一向に嚙み合わず、徒に空回りして金属臭い煙を上げるばかりだ。

世界は展《ひろ》がりを失った。そこに何か納得のいく理由があるだろうか。チクを見張る監視兵は民間の自警団であり、立体視を望む人の心が幾つものドローンを空に飛び交わせているだけで、全体状況を把握している国家機構の存在がそれらの背景にあるわけではない。国家の中枢部が壊れつつある事は、国民には直感的に分かるものだ。或いは初期の段階で国がこの現象を地理的に限定させようとする意図を持ち、その為にチクなるエリアを捏造したという事はあったかも知れない。事が我々の精神に関わる問題である以上、そういう分かりやすい図式が一定の効果を上げた可能性はある。しかしそんなまやかしがいつまでも通用する筈はない。突然の避難指示に従わなかった人々は、チクの閉鎖が実際には行われていない事を知っていた。外部こそ危険ではないかと警戒する者もいた。実際、スーパー「ソ・ロットリマ」の陳列棚から商品が消える事はなく、清二は閉鎖線を超えてチクの外部へと営業に行っていた。この病理現象が全国的な広がりを持つ事は、日増しに空疎になっていくテレビやラジオの内容に接するだけで容易に分かる事だ。

もしこの現象に例外が存在するとすれば、それは子供だ。

シャワーの音と共に肉と肉とがぶつかり合うような音がして、その音はセックスを思わせた。私は書斎から立って風呂場に様子を見に行った。浩子がレナを風呂に入れている。風呂のドアの磨りガラスに、大小の肌色のモザイク模様となって揺れ動く影を見て、私は浩子がどういうつもりでレナの体を洗っているのかと訝った。不意に、浩子はレナと接する事によってひょっとすると私の知らない確たる感触（世界に対する実感）を得ているのかも知れないという考えに縛られ、それは風呂場に反響する二人の肉の音によって増幅されて私を嫉妬の炎で焦がした。

「おい」と私は声を掛け、磨りガラスを叩いた。

するとと浩子の拳が、ドンッと叩き返してきた。薄っすらと石鹸の泡に縁取られた彼女の小指球が磨りガラスにへばり付き、それは私を拒否して蹴りを入れてきた一寸法師の足の裏のように見えた。

「何をしている」

答えはなかった。ただシャワーと肉の音だけがする。

私はドアを開けた。すると浩子が背後からレナの首に腕を回してバックチョークで締め上げていて、レナがもがきながら尻で浩子の腹を突き上げていた。私はその漫画のような光景に絶句すると同時に興味を覚え、じっと見詰めた。するとシャワーの水を浴びながら紫色の顔をこちらに向けたレナが、唇をドーナツ状にして「ごれ、どういうごと？」と言った。暫く眺めていると、レナの目や鼻や口がバラバラに離れていき、福笑いのようになったので、私は「ぷっ」と吹き出した。浩子が舌舐めずりをして、レナが白目を剝いている。

この世界は無様過ぎるが、ちょっとだけ笑えるところが救いだ。

了解と再適応

一

風呂場の外で、レナの裸体をタオルで拭いている浩子の下着姿を孝雄は眺めた。二人とも一見何事もなかったような顔をしているが、よく見ると浩子のレナを見る目付きには敵意の残滓《ざんし》が含まれていた。浩子は風呂場でレナの体を洗っていただけではなく、確かにレナを虐《いじ》めていた。彼女は何故レナを乱暴に扱ったのだろうか。そして必死に隠してはいるが、レナの表情にも恐怖の名残が貼り付いていて、その一見瑞々しい瞳の奥に、信用出来ない大人に対する嫌悪の火が消え残っているようだった。

孝雄は突っ掛けを履いて玄関土間に下り、ウサギのケージを覗き込んだ。ウサギは顔を横向きにして珍しく視線を合わせてきた。その時まで気にならなかった糞と小便の臭いが、強く鼻腔を刺激した。見ると、トイレ容器の網の上に山盛りになったチョコボール状の糞が小便を浴びて半ばペースト状になっていて、何度も踏まれた跡がある。一日に何度もトイレに座るウサギの尻と足裏は、きっと糞まみれになっているに違いない。ウサギは相変わらず本物らしさを欠くものの、つまりは日々律儀に摂食と排泄とを繰り返しているのである。これは生きている事そのものではないか。孝雄自身、食べて出して寝るという営みを延々と続けている。もし自分が生きているとするならば、たとえどんなに嘘っぽく見えようとも、このウサギも又生きているという事になるのではないか。

孝雄は玄関の引き戸を開け、外に出ようとした。

その時、この引き戸が本当に重いのかどうか、ひょっとするとこれは巧妙に作られたダミーであって実際は重くはない張りぼてなのではないかと、嘗て考えた事があったのを思い出した。それを確認すべく、彼は引き戸を外しに掛かった。引き戸は木製で、分厚い磨りガラスが嵌め込まれている。両側に手を掛けて持ち上げ、手前に向けて引き出そうと試みた。確かにかなりの重さで、わざわざ外してみるまでもないと思った瞬間、引き戸が敷居から外れて土間の上に落ちた。爪先の上に落ちていれば、指を骨折していたかも知れない。元に戻そうと、持ち上げて引き戸の上桟《うわざん》を鴨居《かもい》の溝に食い込ませ、下桟を敷居に押し込もうとしたが一向に入りそうになかった。見ると、無理に引き戸を引っ張ったせいでひん曲がったレールが、敷居から大きくはみ出していた。

孝雄は憤然となった。

物事が上手くいかない時、孝雄は決まって世界を爆破したい衝動に駆られた。特に、何もかもが偽物に感じられるようになって以来苛々は日増しに昂《こう》じ、すぐに爆発寸前になる。

しかし最近ふとしたきっかけで、諦めに似た気持ちに包まれる事もあった。一種の疲弊の表れであり、偽物に対して抵抗する事にはもういい加減疲れてきていた。そして何かある度に、この贋の世界に適応していく方途を探る習慣が身に付きつつあった。

この引き戸を今日中に元に戻す事は不可能だろう。今夜は玄関扉を開けたまま過ごさなければならず、不審者が仕事場に侵入して来る可能性もある。実際、町には余所者が大量に流れ込んでいるのである。しかしそれはそれで仕方がない。兎に角何かあれば戦うまでだ、と彼は観念した。

孝雄は引き戸をその場に立て掛けて、玄関の外に出た。

夜気がひんやりした。

センサーライトが点灯し、庭の植物が濃い影を伴って浮かび上がった。水仙は、すっかり枯れて周囲の雑草の中に埋もれている。枇杷《びわ》と無花果の木はいつの間にかびっくりするほど大きく育っていて、枝の一部が隣の門脇宅の塀を乗り越えようとしていた。孝雄は枇杷の葉の匂いを嗅いだ。ほんのりと実の香りがしたが、枇杷にも無花果にも実は成っていない。そこが却ってリアルに思えた。もしこれらの植物までフェイクだとするならば、実に手が込んだ仕業だと言わざるを得ない。そうまでして自分が騙されなければならない理由は一体何なのだろうかと訝りつつ、彼は周囲を睨め付けた。

その時、町内放送の音声が聞こえた。

声は風に流され、大きくなったり小さくなったりして良く聞き取れない。嘗ては町会館の屋上のスピーカーから、海辺の砂浜の貝から貝毒が検出されたので食べないようにという警告や、告別式の案内等が放送されていたものだが、最近はめっきりなくなっている。しかし、もしこれが町内放送だとしても時間が遅過ぎる。既に午後七時を回っているのである。暫くすると遠くから人々の喧騒やサイレンの音が流れて来て、彼は聞き耳を立てた。車のエンジン音やクラクションの音も聞こえた。町にやって来た余所者達が、一斉に行動しつつある気配を感じる。

空の星の見た事のない配置や、空気分子の感触、ムッとする未知の匂い、夜の路地の家々の押し殺したような静寂、稀少な昆虫の羽音、いつの間にか出来ていた喉の出来物を唾液が通過する際の濁った嚥下音などが渾然《こんぜん》となって、とんでもない惨劇を予感させる一大序曲を奏でているかのようだった。

その時、仕事場の前の路地に光が射したかと思うと、一台の自転車が目の前を猛スピードで走り抜けて行ったので孝雄は咄嗟に首を竦めた。乗っていたのは長靴を履いた老人で、人々が集まっている場所から一目散に逃げて来たようにも見えた。

「おい、いよいよ連中が動き始めたようだぞ」

孝雄は家の中に戻り、服を着てＩＨクッキングヒーターの前で湯を沸かしていた浩子に言った。

「連中って誰よ？」

「余所者連中だ」

「何をする気なの？」

「この町の人間を退治するつもりかも知れん」

それを聞くと浩子は露骨に嫌な顔をした。湯が煮立って薬缶の笛が鳴り、テーブルに頬杖を突いてぼんやりしていたレナが顔を上げた。

「襲って来ると言うの？」と言いながら、浩子は指先で首の佐渡島を擦った。

「可能性はある。連中は災厄の元凶を探し当てた気でいるんだろう」

「私達が元凶なの？」

「最初に感染したと思われてる」

「本当にそうなの？」

「それは知らん」

「兎に角私は、この娘にラーメンを食べさせるわ」

その瞬間、レナの顔が微かに明るさを帯びた。浩子はどういう気持ちの変化からか、一時の感情に任せて虐めた事を償うかのように、湯を入れたカップ麺をレナに向けてそっと差し出した。レナは両手でカップ麺を包むように持って引き寄せ、蓋の隙間から立ち昇る湯気の匂いを嗅いでいる。孝雄はそんなレナの、テーブルの下でぶらぶら揺れている細い脚を眺めながら、この見知らぬ娘は何故こんな時間までこの仕事場にいて彼のカップ麺を食べようとしているのだろうかと思った。それと同時に、もしレナというこの娘が自分と浩子との間に出来た子供だったら、と思わずにおれなかった。

レナは頭の鉢が大きく、一見鈍い印象を与えた。しかしカップ麺の蓋を開けて合掌し、ふーふーしながら食べ始めた彼女が時にふっと顔を上げて孝雄と合わせるその視線には、今や瑞々しい美しさを通り越して、何もかもを見通す透徹した眼力のようなものが感じられた。そこに一種の恐ろしささえ感じる。レナに見詰められると、自分がまともな世界から弾き出されて病的な精神状態にある事を否応なく思い知らされるからだろうか。下手に抵抗せずに程好く諦める事で離人症的な苦痛を忘れられていたものが、レナの一瞥によって忽ちご破算になってしまうという元の木阿弥感。恐らくレナのそんな目付きが浩子の逆鱗《げきりん》に触れたのかも知れないと、彼は考えた。

「美味いか？」彼は盛んに食べるレナに訊いた。

レナは孝雄の方を見ないまま一つ頷き、黙々と食べ続ける。彼は、レナが味わっているに違いないカップ麺の「ホンモノの味」を思った。嘗ては彼も慣れ親しんでいた筈のその味の記憶は、今では遠い忘却の彼方にあって思い出せない。

レナの額に、汗の玉が浮かんでいる。

「それは俺のカップ麺だ」孝雄が言った。

レナの箸が止まった。

「あなた」浩子が言った。

その時レナが顔を上げて孝雄を見た。

「何だその目は」

「止めなさいって」

「お前だって苛めていたろ」

「スープ、飲み干していいのよ」浩子がレナに言った。レナは一気にスープを飲み干した。

「子供は護らないといけないわ」

「何だお前、急に良い人みたいに」

レナが、自分の腕に止まった蚊を叩いた。

「しっ」浩子が言った。

その時突然、玄関の引き戸が倒れてガラスが割れる大きな音がした。ケージの中でウサギが狂ったように跳ね回る音と「兄さん！」という叫び声がした。立ち上がって玄関土間を覗き見ると、ガラスが散乱した土間の向こうに上半身裸の清二が仁王立ちしている。

「貴様、何て事するんだ！」

「立て掛けてあるなんて知らなかったんだよ。そんな事より、置き去りなんて酷いじゃないか」

「怪我人は安静にしていろ」

「痛くて堪らんよ兄さん」

清二の体には一目見て、打ち身や内出血、擦過傷が増えている。

「お前、ここに何しに来た？」

清二は孝雄に背中の新しい傷を見せながら、「変な連中が襲って来たから逃げて来たんだよ」

と言った。

「どこで襲われたんだ？」

「家だよ」

「どんな連中だった？」

「知らない奴らだ」

「矢っ張り来たか」

すると浩子が口を挟んだ。

「あなた達、そうやって口裏を合わせて何を企んでるの？」

「浩子、余所者連中が我々をやっつけに来たんだ」

「そんな事ってあるの？」

「あるんだよ義姉さん。家の窓が割られた」

「相手は何人いたんだ？」

「十人ぐらいいた」

「お前、どうやって逃げて来たんだ？」

「暴れ回ったんだよ」

その瞬間孝雄は、体液からの感染を恐れた余所者達が、一定以上清二に近付けなかったのだと察しが付いた。

「お前、まさか連中に付けられなかっただろうな」

「そんな事より、ちょっと休ませて」

清二はガラスの破片を踏んで歩み寄ると、板間にどっかと腰を下ろした。

「痛いんだ」

「鎮痛剤がある」

「助かるよ」

浩子は清二の背中の傷から目を逸らすと台所に引っ込み、椅子に腰掛けたレナの背後に立って「大丈夫だからね」と言いながらレナの両肩に手を置いた。しかしレナが反射的に肩を揺すってその手を払い除けたので、浩子は舌打ちをした。

清二は板間に体を横たえ、孝雄が持って来た鎮痛剤を飲む前に気絶した。

二

外の路地を駆け抜ける複数の足音がした。

孝雄は小声で浩子に言った。

「暗くして、廃屋を装うんだ」

「そんな手が通用するの？」

「近所は廃屋だらけじゃないか。引き戸が割れて廃屋っぽくなって却って好都合だ」

孝雄の声は震えていた。彼はこれまでも頻繁に惨劇の予感に怯えてきたが、今回はその予感が確信に変わっていた。玄関のセンサーライトのスイッチをオフにし、浩子に命じて灯りを全て消させた。暗くなった家の中は、窓からの街灯の灯りだけが頼りだった。

「レナはどうするの？」

「帰りたいなら帰せばいい」

暗がりの中、レナは即座に浩子を見て首を横に振った。浩子はレナの意味ありげな視線を避けるように、窓を睨んで外の気配を窺う素振りを見せた。

「手を貸せ。清二を奥の部屋に移動させないと」

しかし清二の太い手首は汗でヌルヌルと滑り、大人二人掛かりでも引き摺って移動させるのは困難だった。

「こら、起きろ」

すると清二が薄目を開けて「義姉さん、もう一回だけ」と言った。

「おい、しっかりしろ」

「もう一回だけ」

「もう一回だけ、何だ？」

「『実用』を頼むよ」

「戯《ざ》れ言《ごと》よ」と言った浩子を横目で睨《ね》め付けた清二の瞳が薄明りを反射して鋭く光った瞬間、浩子は目を逸らした。

「兄さんは演技などしていなかったんだな」清二はゆっくりと起き上がり、孝雄の顔を見てそう言った。

「何の事だ？」

「この世はみんな偽物だと分かったよ」

「何だそんな事か」

「ホンモノなんてないんだ」

「ああ」

「もしホンモノがあるとすれば、何もかも偽物だって事こそホンモノの世界の真の姿なんだ」

「何を言ってるのかしら」

「義姉さんは分かってる筈だ。この売女」

「おい、何を言う」

「この世が嘘っぱちだと分かってなければ、あんな破廉恥極まる色情狂に身を窶《やつ》すか、義姉さん。元々この世界が受け容れられないから、不潔な男連中に抱かれてないと生の実感が湧かなかったんだろこの変態。僕を刺して口封じしようたってそうはいかないよ。僕は頑丈なんだ。そう簡単には死なんぞ。義姉さん頼む、ここでもう一回やらせてくれ」

「あんた、馬鹿じゃないの？」

「兄さんが邪魔なら、ここで始末してもいいんだぜ」

闇の中、浩子は清二を凝視した。その瞬間清二は丸太のような腕を振り上げ、孝雄の頭を拳固で強《したた》かに殴り付けた。鈍い音がして孝雄はその場に倒れ、台所の床に顎を打ち付けると、白目を剝いて動かなくなった。

「何をするの！」

「おい、ガキが逃げた」

浩子が振り向くと、泥棒猫のように玄関から出て行くレナの姿があった。浩子はレナが行ってしまったのを見届けると台所の流しに駆け寄り、流しの下の扉を開けて包丁を一本引き抜いてその切っ先を清二に向けた。

「へっ」と清二が吐き捨てた。

「義姉さん、兄さんの仇でも取ろうってのか？」

「もしこの世が偽物なら、ここであなたを殺してもどうって事ないわ」

「分かってないな義姉さんは。確かにこの世は偽物だが、これ以外の現実がどこにあるってんだ。偽物以外の現実世界なんて存在しないんだよ。俺達は何かの病気に感染したんじゃない。寧ろ病気から解放されて、ホンモノの世界が見えるようになっただけだ。ホンモノの世界は悉くフェイクなんだ。フェイクこそホンモノなんだよ」

「知ったような事言わないで。自分だけが真理に到達したみたいに。だったらやっぱりあんたは偽物じゃないのよ。偽物を殺したところで、殺した私も偽物なんだから何でもないじゃないの。テレビゲームと同じよ」

「それでもドライバーを突き刺されると結構痛いもんだぜ義姉さん」

その時、外で黄色い叫び声がして、一瞬そちらに気を取られた浩子の腹に清二が重いパンチを捩じ込んだ。その一発で浩子は意識を失い、台所の床に沈んだ。

「手間を掛けさせるんじゃないよ義姉さん」

清二は浩子の服に手を掛けて引き裂き、あっという間に全裸にすると股間に鼻を押し付けた。

「石鹸の匂いがするじゃないか義姉さん！」

自分も全裸になると、清二は浩子の足指の股、膝の裏、腋の下、鼻の穴、眼球、臍、尻穴などを精力的に舐めながら、彼女に盛んに話し掛けた。

「もうこうなったら、義姉さんを食べちゃおうかな。ふふ。気絶しても乳首は立つんだな。この立った乳首、齧り取っちゃってもいいよね？　僕の背中の傷は肺まで達してるんだし、それに比べたら乳首の一つや二つどうって事ないでしょ。そもそも義姉さんの存在も僕の存在もフェイクなんだったら、死んでゲームオーバーになっても又リセットされて甦るんじゃないか？　ひひっ」

清二は勃起していなかった。余所者にやられたのか、男根に複雑に絡み付いた陰毛がコールタールのような血糊で固まって黒光りし、勃起どころかペニスの形状すら曖昧になっている。

「義姉さんだけが、僕にとってホンモノの『実用』だったんだ。こんな化け物に生まれた人間にとって、こんな、一部の恵まれた人間の為だけに創られたようなインチキ世界が受け入れられるかってんだ。この世界はでっち上げなんだ。だから誰もがこの世を破壊する権利を持っていて、しかも世界が破壊されても実は誰も困らないのさ」

「義姉さん、本当に義姉さんは何て綺麗なんだ。こんな義姉さんまでが、狂ったようにどんな男とでも寝る事なくして精神のバランスが保てないと分かった時の僕の喜びが分かるかい？　義姉さんが色情狂だと知った時、僕は、義姉さんのような完璧な美の体現者ですら破滅的な衝動に身を任せざるを得ないのなら、間違いなく全ての人間は頭がおかしいに違いないと確信したよ。誰一人としてまともな人間はいない。皆この世界が大嫌いな狂人で、健常者なんてどこにもいないのさ」

「あ、何か出てきた。御免。爪が伸び過ぎてて刮ぎ取っちゃったみたいだね。これは膣の肉だよね。食べるよ。いいだろ？　義姉さん」

その時、床に頭を着けて気絶していた孝雄が、目を閉じたまま口を開いた。

「レナは健常……」

「はんだって？」浩子の肉を噛みながら清二が訊き返した。

「レナは健常者だ」

「そうかい。義姉さんこの肉かなり生臭いね。くちゃくちゃ」

「レナは……」

「レナって、さっきのガキか？　くちゃくちゃ」

「レナは……どこだ？」

「とっくに出て行ったよ」

「保護しろ……オエッ」

孝雄が血の混じった胃液を吐いた。

「夫婦揃って弱っちいな」

それからも清二は暫くの間浩子の体を嘗め回し、何度か交接を試みたが果たせないと分かると、薄く目を開けて見ている孝雄の前で浩子の左乳首を奥歯で齧り取った。浩子の全身が板のように硬直し、孝雄が唇を噛んで口から血を流した。

「コリコリしててナマコみたいだ！」清二が叫んだ。

その時、大粒の雨に似た足音が聞こえたかと思うと、何人もの人間達がドッと家の中に押し入って来た。老若男女入り乱れ、口々に「来た！」「来た来た！」と叫びながら孝雄の仕事場に土足で上がり込み、手当たり次第に襖や家具を目茶目茶にし始める。清二は口から乳首を吹き飛ばして「来た来た！」と彼らの口調を真似た。浩子のふやけた乳首は台所の隅にコロコロと転がって埃まみれになった。孝雄は何人もの人間に踏みつけられて、何度も血を吐いた。高校生ぐらいの男子が裸の浩子に抱き付いて腹に股間を押し付けて腰を振り始めたが、屈強な中年男に脇腹を蹴られて呻きながらのた打ち回った。その場でズボンを下ろしてペニスを怒張させたその中年男は、浩子が持っていた包丁を拾った娘に背中を刺され、御辞儀するように倒れて頭を床に打ち付けた。浩子はその後何人かの男によって激しく陵辱されたが、彼女が発した悲鳴は清二の耳には歓喜の嬌声と聞こえ、その声に励まされるように彼は何人もの人間を殴り、蹴り、投げ飛ばした。

一人の老婆が冷蔵庫の扉を開けると、忽ち数人の老人が群がって来てウインナーやリンゴの奪い合いを始め、老婆は生卵を殻ごと噛み砕いて飲み下して大仰に咳き込み、別の老婆は流しの下の扉を開けて中に潜り込み、尻を突き出して般若心経を唱え始めた。壮絶に嘔吐する子供や失禁する老人もいた。いつの間にかケージは破壊され、ウサギは何者かに腹を裂かれて息絶えていた。

彼らの行動には殆ど脈絡がなく、強いて言うならば、何者かに対する過剰な恐怖心と、その恐怖心が齎《もたら》す攻撃性という点で共通していた。中には自分自身を攻撃対象にし、流し台の角に執拗に額をぶつけ続ける初老の男や、食器用洗剤をがぶ飲みする中年女もいて、恐怖の対象が客観的に存在する具体物でない事を物語っていた。

孝雄は朦朧《もうろう》とした意識の中で、ノートに書き記すべき文章を考え続けていた。それは夢の中の思考のように、断片的ではあったが妙に論理的で、敢えて書き起こすとすれば次のようなものであり、さしたる根拠もない独りよがりな思い付きではあれ、この現象に対する解釈の一つにはなり得るかも知れない。

「ウサギは機械ではなかったようだが、意味のないでっち上げである事に変わりはない」

「この人々の狂態を見よ」

「人々は、文明社会という不出来な脳内世界を嫌悪しつつも、それが崩れ去る事を何よりも恐れていた」

「その崩壊の波が、今正に押し寄せているのだ。頭の中に、今まで経験した事のない徹底的な『無意味』の大波が嵌入《かんにゅう》して来たのである」

「自分達が何らかの意味ある文明社会に生きているという『現実』は、脳内の仮想世界に過ぎない。それが万人に分かってきた果ての、人類に対するこの完全な無意味化の襲来なのだ。文明社会という架空のイメージは、人間という地球上のごく一部の生命体にとっての価値しかなかった。こんな無根拠な捏造物が、たとえ数千年の歴史を持つとしても、そんなものには元々何の意味もなかったのである」

「一皮剝けば世界の正体は、のっぺりとしたツルツルの恐るべき空虚であり無意味そのものなのだ。貨幣経済、株式市場、法治システム、安全保障、諸々の契約、倫理道徳、こんな人間だけの約束事の、一体どこに真の実在性があると言うのか。蚊やヌーやダイオウイカにとって、そんな物は当然の虚構であり無だ」

「人間は何の為に存在しているのか。『無意味』以外にその答えはない。人間という生物は結局、蜘蛛や蟻のように、崩れた巣を営々と繕い直すぐらいしかやる事がないのだ。破壊と復興とを延々と繰り返しながら、ただひたすら架空の文明社会を修繕するしか能がない、恐らくその無意味さという点に於いて最も低級な生物の一つである。地球四十六億年の歴史の中に一瞬現れて消え去る線香花火のような存在である我々は、今まで、頭の中の文明社会をどこまでも発展させる事で、世界の実相である恐るべき虚無から寸でのところで逃げおおせていたが、その巨大な無意味という化け物にとうとう追い付かれ、今この瞬間に頭から丸呑みされようとしているのである」

「ホンモノの無意味に呑まれたら人間存在は死に絶えるしかない」

「そして死ぬのは私だけではない。全員死ぬのだ」

「あの娘以外は」

しかしこの文章を孝雄が実際にノートに記す事はなかった。

やがて清二もポットで自分の頭を殴り付けながら裸踊りを舞い始め、怪物的な体力も終に尽きて、台所の床に横たわる人々の上に大の字に昏倒した。

三

レナは何度か祖母の家への接近を試みたが、その度に異様な人々の気配を察知して諦め、雑草に覆われた一軒の廃屋の敷地内に身を隠した。

余所者の波はこの一帯に数回に亘って押し寄せて来た。

彼らは一様に気が狂っているように見えた。

一人の男が女の顔を延々と殴り付けているのを目にした時、レナの目はその光景に釘付けになった。女の頭は、ボクシングのパンチングボールのように激しく揺れた。整っていたその顔は、パーツが潰れてあっという間に真っ赤な肉団子に変わっていった。その様子を廃屋の塀の陰から最期まで見届けた瞬間、レナは気を失ってその場に倒れた。

一度だけ、誰かに頬を舐められた気がして目を開けると、毛むくじゃらの生き物が数匹辺りを這い回っていた。アライグマだと思って手を伸ばしたが逃げて行き、彼女は再び瞼を閉じた。

気が付いた時、右耳の中で音がした。耳の中に羽虫が入ったらしかった。小指の爪で耳の穴を穿《ほじ》っている内に、結局羽虫の屍骸を耳の奥に押し込んだだけに終わった。地面に横になっていたせいで、体の節々が痛かった。塀のトタン板を捲ると、昨夜の顔を失った若い女の死体が溝の中に気を付けの姿勢でスッポリと嵌り込んでいた。レナは反射的に手を合わせ、廃屋の敷地から外に出て、聞こえの悪い耳で聞き耳を立てながら祖母の家に向かってゆっくりと路地を歩いた。静まり返った空気の中、アスファルトを踏む自分の靴音だけが聞こえた。しかし実際は、何かもっと別の、規則的で生臭い音が聞こえているような気がして不安になった。

若島孝雄の仕事場の前まで来ると、ムッとした臭いに思わず足を止めた。レナはスカートの中に手を突っ込み、自分の指の匂いを嗅いだ。周囲に満ちた臭いが、彼女自身の血の臭いを思わせたからである。しかし指は乾いていた。門を入って中を覗き込むと、土間や台所や和室に大勢の人間達が折り重なるように倒れていて、彼らの上の空間には見た事もないような大きな蠅や蛾が、うるさい羽音を立てながら舞い狂っていた。濃厚な死の気配に息が詰まり、レナは一目散に逃げ出した。

路地を抜け、車道の坂を下った。祖母の家の側の小さな公園に、男と老人が倒れていた。男は蛹のように丸まっていて、うつ伏せの老人の左足は滑り台の端に載っていた。

レナは祖母の家の玄関扉の前に立ち、何度か周囲を見回した後、意を決して扉の隙間に身を滑り込ませた。祖母と同じ臭いが部屋中に満ちていて、昨日見た時には重なり合っていた両親が居間の両端に離れて倒れていた。レナは母親に近付いて肩を揺すったが、反応はなかった。死んでしまったのだと思った。世界が終わってしまったのかも知れないと思うと、事の重大さを一人で受け止め切れずに心が動かなくなり、一滴の悲しみすら湧いてこなかった。

レナは階段の下の母親の黒いバッグを肩に掛けると、玄関扉から散々外の様子を窺った後、一目散に走り出て隣の若島夫妻の家に入った。家の中は荒らされていて、窓ガラスや家具が壊されていた。倒れた冷蔵庫の中からミネラルウォーターのペットボトルを引っ張り出すと彼女は二階に上がり、クローゼットの中に潜り込んで息を殺した。少しウトウトした。それからバッグからビスケットと魚肉ソーセージを取り出して食べ、水を飲んだ。クローゼットドアのルーバーから数条の外の光が射し込み、埃が舞っていた。その埃のダンスを眺めている内に突然心臓の鼓動が速くなり、息が出来なくなった。レナは驚き、懸命に呼吸しようと努めた。そして少し落ち着きを取り戻すと今度は体が震え始め、頭の中に幾つかの恐ろしい光景が甦って来て恐怖で叫び出しそうになった。しかし声を出せば誰かに感付かれて踏み込まれ、間違いなく殺されると思い、きつく自分の口を押さえた。

それからレナは、排泄と生理のために階下のトイレと風呂場に下りて行く以外、クローゼットの中から全く出る事なく丸三日間を過ごした。その間彼女はずっと全身を耳にして外の世界に神経を集中させたが、小動物と鳥の気配以外は感じられなかった。

四日目の朝、レナは何かの動物の吠え声を聞いて目を覚ました。

右耳の穴を小指で穿ると何かが引き摺り出されて、見ると爪の先に真っ黒な羽虫の残骸が引っ掛かっていた。

動物の声は間歇的に続いた。

世界から人間が消えてしまうと、森から野生の鹿や熊が下りて来て町を彷徨《うろつ》き回る。そんなテレビの科学ドキュメンタリー番組の映像を思い出した。野太い声の響きから、犬よりずっと大きな動物だろうと思われた。しかしどんな動物でも、人間よりは遥かにましである。レナは声の主に会いたくなった。バッグの中には缶詰しか残っておらず、缶切りは使った事がなかった。何度か母や祖母に連れられて行った幹線道路沿いのスーパーマーケットは、まだあるだろうか。梅や佃煮昆布のお握りを想像し、口の中が唾液でいっぱいになった。

外に出ると、真っ青な天蓋に白い石がギュッと嵌め込まれたように、密度の濃い雲が一つだけぽつんと空に浮かんでいるのを彼女は見た。その時、空というものは宇宙に向かってどこまでも抜けているものではなく、青いドームで仕切られた閉鎖空間に過ぎない気がして息苦しさを覚えた。

その時、公園の方角から又動物の声がした。

レナは恐る恐る公園に近付いた。見ると、中年の男と老人が倒れている位置が、以前とは全く違っている。彼女は公園の柵に摑まって、砂の上に描かれた複雑な曲線模様を眺めた。クネクネしたその模様は、二人の男が地面の上を移動した軌跡かも知れなかった。そう考えた途端恐ろしさが込み上げた。と、突然「ゴガッ！」という吠え声がしたので、レナは「ひっ」と息を吸って飛び上がった。老人の腕が持ち上がっていた。そして老人は拳で地面を叩き、更に一声吠えた。レナは数歩後退り、死んだ筈の老人が眼前で甦りつつあるのを凝視した。

鼾をかいているのだ。

よく見ると男の方の腹も上下していた。

彼らは死んでいるのではなく、眠っていたのである。

レナはハッとして、祖母の家に駆け戻った。

「お母さん！」

母の二の腕を強く叩くと、目覚めはしなかったが、さも不快そうな唸り声を上げたのでレナは狂喜した。父親の肩を揺さ振ってみると、驚いた事にクルッと寝返りを打って彼女に背中を向けた。一旦小さく跳ねてから素早く寝返りを打つその癖は、子供の頃から数え切れないほど見てきたものだった。レナは父親の背中を叩きながら「お父さん！」と叫んだ。しかし父も母も一向に目覚める気配はない。

何と深い眠りなのだろうか。本当に、死んでいるかのような眠りなのだった。

プンと排泄物の臭いが鼻腔を突いた。眠りながらしているに違いなかった。

レナはスーパー「ソ・ロットリマ」へ行き、店内の沢山の人々の体を跨ぎ、その間を縫って陳列棚を物色した。眠っているとはっきりと分かる人間もいれば、怪我をしていたり、明らかに死んでいる人間も沢山いた。彼女は、手当たり次第に食料品や飲み物、洗面用具や生理用品を掻き集めるとカートに積み込んだ。既に略奪されていて商品は少なくなっていて、お握りは勿論手に入らなかったが、一人食べるだけなら一週間足らずは生き延びられるのではないかと思った。

スーパーの店内に倒れている大人達の間から、何人かの子供達が身を起こして彼女を見てきた。レナが話し掛けようとすると、彼らは視線を逸らしたり、立って逃げ出したりした。皆、レナより年下の子供ばかりだった。

スーパーを出て、歩道の上でカートを押すとガタガタと大きな音が鳴り、その音に起こされた大人達が食べ物を狙って襲って来るのではないかと気が気ではなかった。建物の陰や高架下で、身を寄せ合って昏々《こんこん》と眠る人々の姿を突然目にすると、その度に心臓が止まりそうになった。

家に近付くとホッとした。

公園の二人や両親の姿勢には、殆ど変化がなかった。

若島の家にいた三人は、ウサギのいた家で群集に襲われて深手を負ったか或いは死んでしまったに違いなく、恐らくこっちの家には二度と戻って来ないと思われた。両親のいる祖母の家の悪臭には耐えられなかったから、何か次の大きな変化が起こるまで、彼女は当面は今まで通りに、この家の二階のクローゼットに隠れている事に決めた。

エタノール入りのフェイシャル・ペーパーで股間を拭き、生理用ナプキンを当てると少し大人になった気がした。何よりも、指でふんだんに掬《すく》って舐めたマーマレードの味は格別で、荒らされたスーパーの棚にこの瓶が残っていたのは殆ど奇跡と言ってよかった。こんな奇跡が自分の身に起こるなら、今後の事態の展開に少しは希望を抱いていい筈だと彼女は思った。


決定的な変化は七日目の朝に訪れた。

クローゼットの暗がりの中で目を覚ましたレナは、いつものようにクローゼットの外に出て窓から外の様子を窺った。すると驚いた事に、公園から中年男と老人の姿が消えていたのである。

レナは仰天し、バッグを提げて忍び足で階下に下りた。

玄関は施錠してあったが、祖母の家と同じくこの家の居間の窓ガラスは最初から割られていた。幸いにして、家の中に誰かが侵入した痕跡はなかった。

玄関扉の隙間から外を窺い、外に出て行く勇気を搾り出すまでに半時間ほどを要した。祖母の家まで駆けて行き、玄関扉を開けた。居間に入ると、父と母とが背中を合わせるようにして座っていた。水道水を飲んだらしいグラスが、床に転がっていた。

「目を覚ましたの?」レナが訊いた。

父は項垂れたまま反応しなかったが、母はレナの顔を見て小さく頷いた。その瞬間レナは相好を崩すや否や「わっ」と声を上げ、母親の膝に覆い被さって声を殺して泣いた。母の直美は娘の頭を撫でながら、黒いバッグの膨らみをぼんやりと見詰めていた。


その二日後、バッグの食料を少しずつ食べる事で或る程度の体力を取り戻した和夫と直美は、レナを連れて祖母の家を出た。


足取りはまだ覚束なかったが、レナは両親がどこへ行こうとしているかが分かっていた。

「今日は水曜日だ」

赤い車に辿り着くまでに父が発した言葉は、これだけだった。

果たして車は、特に荒らされた形跡もなく、乗り捨てた場所にそのままの状態で彼らを待っていた。父が車のドアの鍵を開けた。車に乗り込むと懐かしい芳香剤の香りがして、ここに来るまでの生活がレナの頭の中にドッと甦ってきた。しかしすぐにそれは、手の届かない彼方に遠ざかってしまったような気がした。

「どこへ行くの？」レナは、ルームミラーに映った父の頭の傷を見ながら、訊くまでもない質問を敢えてした。家に帰るに決まっているのだ。しかし父と母は、相変わらず何も答えてくれなかった。

二人は変わってしまったらしい。

七日目の朝、祖母の家に駆け込んで「目を覚ましたの？」と訊いた時には確かに母と目が合った。母娘の心が通じ合ったからこそ、レナは号泣したのである。しかしその後、両親と全く視線が合わなくなった。彼らはどこか酷くぼんやりしていて、物腰や物言いも機械的で不自然な印象だった。

「二人とも、どうしちゃったの？」とレナは訊いた。

母の答えはこうだった。

「池上先生に欠席理由を報告しなければならないわ」

レナには上手く言い表せなかったが、最も不自然に感じたのは、彼らがまるで何事もなかったように以前と同じ日常性の中にいる事だった。レナは、暴漢に襲われていた隣の若島家の人達や、顔を潰された女性、ウサギの家やスーパー「ソ・ロットリマ」に折り重なって倒れていた怪我人や死体の事を思った。あの惨劇と学校への欠席理由の報告とが、どうしても釣り合わなかった。

しかし、何があったのかを正面切って両親に問い質す気にもなれない。仮に問うたとしても、まともな答えは返ってこないに違いない。

祖母の家から車までの道程で見掛けた人々は、家の前で水を撒いたり、掃き掃除をしたり、単に歩いたりしていた。車道には自家用車が走り、時折トラックやバスも通り過ぎた。バスの中には数人の客がいて、楽しそうでもなく悲しそうでもない顔をしていた。

歩きながら注意して見ていると、アスファルトを洗い流した水が薄く赤味を帯びていたり、ブロック塀に赤黒い染みが点在していたりする。ぐったりした人の脚が引き摺られて、建物の陰にフッと消えていく瞬間も目にした。人々はそれとなく清掃し、片付けているらしかった。惨劇の痕跡を消しているのだ、とレナは思った。その作業は、歯を磨いたり爪を切ったりするのと変わらないごく凡庸な営みのように見えた。

建物が取り壊されて何もなくなった時、毎日のようにその建物を見ていたにも拘わらず、以前そこに何が建っていたかどうしても思い出せないあの現象に何か名前があるだろうかと、レナは考えた。それと同じ事がこの町にも起こっているような気がした。すっかり綺麗に片付いてしまえば、もう何が起こったかを誰も思い出せないに違いない。

途中、隣町でコンビニエンス・ストアに寄った。レナは梅干しのお握りを買って貰い、車の中で急いで頬張った。しかし期待した美味しさはなく、寧ろ舌の上に広がる無数の飯粒が一つ一つ勝手に動いているように感じて窓の外に吐き出したくなった。

母はお茶の紙パックを手に持ったまま目を閉じて項垂れていて、父は店の外の灰皿の脇に立って煙草を吸っている。母の後頭部がいつもより膨らんでいる気がした。自分の頭と同じ形をしていない。それに、父はあんな煙草の吸い方をしただろうか。それは父と言うより寧ろ、四年二組の担任の、皆の前でジャージのズボンを下ろした変態教師の堅田先生の煙草の吸い方に似ていた。更に、コンビニエンス・ストアを出て家に戻るまでの町の風景にも、幾つかの不自然な点があった。二本足で立ち、ボックスステップを踏む犬を見た時、レナは余りの馬鹿馬鹿しさに思わず目を逸らした。人間だけでなく動物も何らかの変化の波を被ったらしいと理解は出来ても、どこか馬鹿にされているような気がして不愉快だった。

ふと見ると、歩道に上方に向けてスマートフォンを掲げている人々がいた。彼らの視線の先には、マンションの七、八階のベランダの柵にしがみ付いて大きな尻を野次馬達に向けている裸女の姿があった。女は何か叫んでいた。飛び降り自殺志願者かと思われたが、当の女にも観衆にもまるで真剣味がなく、押し付けられた役を嫌々こなしているだけという印象だった。その場を通り過ぎて暫く行くと、サイレンを鳴らすパトカーと擦れ違った。その時レナは思わず「わざとらしいのよ」と口に出した。助手席の母が一瞬振り向いて、すぐに前を向いた。

懐かしい家に戻り、父と母と一緒に居間に腰を下ろして寛いだ時、レナは一瞬全てが元に戻った気がした。父と母の顔にも人間らしい表情が浮かんで、穏やかさを取り戻しているかのように見える。すると母が彼女の顔を覗き込むように見てきた。

「何？」

レナは微笑み掛けたが、母の目は笑っていなかった。そしてその顔は目に見えて柔軟さを失っていった。

「大丈夫？」レナは問うた。

その瞬間、母が物凄く嫌な顔をした。それは恰も、顔の表皮が破れてその破れ目から未知の昆虫が脱皮してきたかのようだった。

「誰？」レナは更に問うた。

昆虫は口の周りの沢山の突起を複雑に動かしながら、時折口腔の中から肉厚な緑色の器官を見え隠れさせた。レナは助けを求めて父の顔を見た。すると父は笑っていた。それは普通の笑いではなく、一種病的な発作だった。延々と笑い続ける父と異形の母を見比べながら、レナは「二人ともやめて！」と叫んだ。すると二人同時にレナを睨み付けながら猛然と喋り始め、その言葉は全く聞き取れなかった。レナは弾かれたように立ち上がると二階へと駆け上がった。

次の日の朝、父が、まだベッドで丸くなっているレナにお早うの挨拶に来た時、彼女は父の体の中から歯車とバネと錆びた金属の音がするのを聞いた。

「お父さんはロボットなの？」

「違う」

「機械の音がするわ」

「しない」

「ロボットみたいに喋らないで」

「ロボットじゃない」

「もっと普通に答えてよ！」

そう叫んでレナは泣き出した。

父が会社に出掛けて暫くすると、今度は母が上がって来た。母は矢張り昆虫的な存在のままで、焦げ臭さに似た体臭を放っていた。

「ママは虫なのね」

「違う」

「でも虫の臭いがするわ」

「しない」

「お願いだから普通に喋って」

すると母は掛け布団越しにレナの肩に触れた。

「レナ」

「何？」

「今日は病院に行くのよ」

「病院？」

「そう」

「私、どこも悪くないわ」

「病院」

「どうしてなの？」

「病院」

「何を言ってるの？」

「病院に行くのよ」

レナが逃げようとして体を起こすと、母の体が覆い被さってきた。


病院の待合のベンチには、小さな子供を連れた親達でいっぱいだった。

親達は一様に雛人形のような顔をして押し黙り、子供達は不安な眼差しで世界を見ていた。そんな子供の中では、レナは恐らく最年長に属した。奥の暗がりから出て来る親子は、診察室に入る前に比べて寧ろ表情が暗くなっていて、医師による診察には殆ど意味がないのではないかと疑わせた。

ベンチで俯いていたレナが視線に気付いてか顔を上げると、母がこちらを見ている。

「何？」

「しっ」と母が人差し指を唇に当てた。

「何？」

心臓がドキドキした。

「レナ、耳を貸して」

母の口に耳を向けると、囁き声で母が言った。

「この世界は偽物なのよレナ」

レナは唾を呑んだ。

「だけど、それを暴き立ててもしょうがないの。それはね、ホンモノの世界の方が遥かに耐え難いものだからよ。お前も見たでしょ。母さんが虫に見えちゃうような世界に、レナはずっと居たいと思う？」

レナは首を横に振った。

「皆、永い眠りから覚めた時、その事が分かっちゃったのよ。ホンモノの世界はとても恐ろしくて、そんな世界に住む事は私達には出来ないのよ。虫とかロボットなら出来るんだろうけど。私達には耐えられないの。だから、安心出来る偽物の世界を、一生懸命頭の中に創り上げていくしかないのよ。そのために勉強や仕事はとても役に立つわ。もしホンモノの世界に追い着かれてしまったら、私達は恐怖で混乱して自分や他人をとことん傷付けてしまう。そして又沢山の人が死んでしまうのよ。だから休みなくこの世界を創り続けなければならないの。もしホンモノの世界が見えてしまっても、頑張って何も見なかった振りをするのよレナ。その内に段々コツが分かってくるわ。頑張ればきっと出来る筈よ」

レナは頷いた。

「ほら、みんなそうしてるでしょう」

母は病院内をそっと指差した。周囲の様子を眺めていると、ここに来ている親子連れは皆、子供が一時的に何かおぞましいものを見たけれども、治療を受けた結果そんなものはもう見えなくなったという「演技」をしているのだという事が、レナにも薄々分かってきた。

「レナ」

「はい」

母の目は優しかった。

「頭の中でホンモノに追い着かれても、頑張って耐えられる？」

「うん」

「それが大人になるという事なのよ。分かる？」

「分かるわ」

「本当に？」

「うん」

レナは優しい母の顔が二度と見られなくなる気がして、涙ぐんだ。

その瞬間、これ以上ないほどの優しさを湛えた母の顔が、突然無表情な虫に変わった。

母の顔を見て「明日は学校に行かないといけないわ」と呟いたレナも又、一匹の、出来の悪い、閉塞した、未熟な虫の顔だった。

初出「季刊文科」六二号（二〇一四年四月）～七七号（二〇一九年三月）

〈著者紹介〉

吉村萬壱（よしむら・まんいち）

1961 年、愛媛県松山市生まれ、大阪で育つ。
京都教育大学卒業後、東京、大阪の高校、支援学校教諭を務める。
2001 年「クチュクチュバーン」で第 92 回文學界新人賞を受賞しデビュー。
2003 年「ハリガネムシ」で第 129 回芥川賞受賞。
2016 年「臣女《おみおんな》」で第 22 回島清恋愛文学賞受賞。
他の著書に、
『バースト・ゾーン』『独居 45』『ボラード病』『ヤイトスエッド』『回遊人』
短編集『虚《うつ》ろまんてぃっく』『前世は兎』
エッセイ『生きていくうえで、かけがえのないこと』『うつぼのひとりごと』
漫画『流しの下のうーちゃん』
がある。

出 来 事

定価（本体 1700 円 + 税）

乱丁・落丁はお取り替えします。

2019年12月31日初版第1刷発行
2020年 2月22日初版第2刷発行
著　者　吉村萬壱
発行者　百瀬精一
発行所　鳥影社（choeisha.com）
〒160-0023 東京都新宿区西新宿3-5-12トーカン新宿7F
電話 03-5948-6470, FAX 03-5948-6471
〒392-0012 長野県諏訪市四賀229-1（本社・編集室）
電話 0266-53-2903，FAX 0266-58-6771
印刷・製本　モリモト印刷

© Man-ichi Yoshimura 2020 printed in Japan

ISBN978-4-86265-782-4　C0093